अंतर्मन की गूँज

(साझा काव्य संग्रह)

संपादक

नवनीत कुमार शुक्ल

सह-संपादक	विशिष्ट सहयोग
सपना सिंह	**आसिया फारुकी**

प्रांची डिजिटल पब्लिकेशन

उधम सिंह नगर, उत्तराखंड

Book	: Antarman Ki Goonj
Editor	: Navneet Kumar Shukl
Edition	: 1st (July, 2021)
ISBN	: 978-9391358068

© Composition Authors

Published by

PRACHI
DIGITAL PUBLICATION

Gaytri Vihar, Phase - 1, Jawahar Nagar,
Udham Singh Nagar -263149, Uttarakhand
Website : www.prachidigital.in
E-mail : editor@prachidigital.in
Contact : 9760417980, 9760418103

Printed by :
Thomson Press India Limited, New Delhi-110020

शिवेन्द्र प्रताप सिंह

जिला बेसिक शिक्षा अधिकारी

जनपद– फतेहपुर,

उत्तर प्रदेश

शुभकामना संदेश

मुझे यह जानकर हार्दिक प्रसन्नता हो रही है कि जनपद के बेसिक शिक्षा परिवार के शिक्षकों द्वारा नवाचार के रूप में तथा शिक्षकों के काव्य सृजन को पहचान दिलाने एवं प्रेरित करने के उद्देश्य से एक काव्य संग्रह अंतर्मन की गूंज का प्रकाशन किया जा रहा है इस पुस्तक के प्रकाशन से जहां एक ओर बेसिक शिक्षा के प्रति समाज में सकारात्मक संदेश जाएगा साथ ही रचनात्मक रूप से नई प्रतिभाओं को भी उभरने में मदद मिलेगी।

मुझे आशा ही नही बल्कि पूर्ण विश्वास है कि 'अंतर्मन की गूँज' काव्य संग्रह पुस्तक बच्चों एवं शिक्षकों के साथ–साथ समस्त पाठकों के लिए अत्यंत उपयोगी, ज्ञानवर्धक एवं प्रेरणादायक सिद्ध होगी।

इस नवाचारी पहल के लिए मैं संपादक एवं पुस्तक में सम्मिलित समस्त रचनाकार शिक्षकों को हार्दिक शुभकामनाएं देते हुए उनके उज्ज्वल भविष्य की कामना करता हूँ।

शिवेंद्र प्रताप सिंह

(बीएसए)

शिक्षा का दीप जलाना

शिक्षा का दीप ऐसा, हम सबको है जलाना,
रोशन करें जो नन्हे–मुन्नो का आशियाना ।
महलों में झूलते जो चांदी के पालने में,
कमतर नहीं हैं, उनसे कुटियों के लालना ।।

ब्रह्मा के बाद जीवन गुरुजन संवारते हैं,
धरती की धूल को है, चंदन तुम्हें बनाना ।
खेतों में काम करते यह सोचती है मुनिया,
पढ़ जाए लल्ला– लल्ली, स्कूल उनको जाना ।

कहते हैं शीशा तुमको, है नाज़ तुमपे सबको,
गुरु नाम सार्थक करके, जगमग जहां बनाना ।
रोये ना आंख कोई, अज्ञान के बहाने,
अब ज्योतिपुंज सबको है ज्ञान का जगाना ।

चिरागों से झोपड़ों के रोशन है अपनी दुनिया,
खायें क़सम सभी हम, जन्नत उन्हें बनाना ।
थोड़ी लगन, थोड़ी अगन, से दूर कर दो भरम सबका,
शिक्षा से रह न जाए वंचित कोई, गांव–गांव बने सुहाना ।।

सुधा शुक्ला

(राष्ट्रपति पुरस्कार प्राप्त शिक्षिका)
नवाबगंज, उन्नाव, उत्तर प्रदेश

अनुक्रमणिका

किसी भी राष्ट्र की पहचान उसकी भाषा, साहित्य और संस्कृति से होती है। सम्पूर्ण विश्व में प्रत्येक राष्ट्र की अपनी एक भाषा और संस्कृति है जिसके छांव तले उस देश के नागरिक पलते-बढ़ते हैं। भारत की राष्ट्रभाषा हिन्दी है, भाषा के रूप में हिन्दी न सिर्फ भारत की पहचान है बल्कि यह हमारे जीवन मूल्यों, संस्कृति एवं संस्कारों की सच्ची संवाहक, संप्रेषक और परिचायक भी है। वर्तमान समय में हिन्दी भाषा अपने आप में एक चिंता का विषय बन चुकी है। देश की शिक्षा व्यवस्था एवं पाठ्यक्रम में अंग्रेजी भाषा हिन्दी के ऊपर हावी हो रही है। युवाओं में अच्छी नौकरी की चाहत और प्रतियोगी परीक्षाओं में खुद को बेहतर साबित करने के लिए अंग्रेजी भाषा का प्रचलन आम हो चला है। अंग्रेजी में बात करना प्रतिष्ठा का प्रतीक और कुछ पढ़े-लिखे लोगों के बीच हिन्दी भाषी होना हीन भावना का पर्याय बन चुका है। लोग हिन्दी जानते हुए बोलने में संकोच करते हैं। हिन्दी का अस्तित्व खतरे में होने के कारण हिन्दी साहित्य का क्षेत्र भी सिमटता जा रहा है। वैज्ञानिक, अर्थशास्त्री, अन्य पढ़े-लिखे जानकर लोग हिन्दी में लिखना पसंद नहीं करते हैं।

किसी भी भाषा का विकास उसके साहित्य पर निर्भर करता है। सिमटती हुई हिन्दी भाषा को बढ़ावा देने एवं समाज को विभिन्न महत्वपूर्ण मुद्दों पर जागरूक एवं प्रेरित करने का विचार मेरे अंतर्मन में वर्षों से गूँज रहा था जिसके परिणाम स्वरूप 'अंतर्मन की गूँज' साझा काव्य संग्रह के प्रकाशन का मार्ग प्रशस्त हुआ। हिन्दी भाषा हमारी अमूल्य धरोहर है जिसे सहेजकर रखने की आवश्यकता है। हिन्दी भाषा के उत्थान के लिए आवश्यक है कि हिन्दी साहित्य को बढ़ावा दिया जाए तथा नयी पीढ़ी को हिन्दी साहित्य के प्रति प्रेरित किया जाए।

हिंदी साहित्य के क्षेत्र में कविताओं का महत्व बहुत अधिक है। कविता और समाज का सम्बंध अभिन्न है। तत्कालीन कविताओं में हमें समाज का पूरा प्रतिबिम्ब देखने को मिलता है। समाज में व्याप्त आशा-निराशा, सुख-दुख, उत्साह-हताशा जैसे भाव कविताओं को प्रभावित

करते हैं तथा इन्हीं से कविताओं का स्वरूप निर्धारित होता है। कविताओं में समाज को प्रभावित करने की अपार क्षमता होती है। कविताएं समाज का दर्पण एवं प्रेरणास्रोत होती हैं। स्वतंत्रता संग्राम के समय लिखी गई कविता 'पुष्प की अभिलाषा' अनेक लोगों के लिए प्रेरणास्रोत बनी थी तथा इससे प्रेरित होकर अनेकों वीर भारत को स्वतंत्र कराने के लिए स्वतंत्रता आंदोलन में सम्मिलित हुए थे।

लेखक अपनी कविताओं के माध्यम से सिर्फ लोगों का मनोरंजन ही नहीं करते हैं बल्कि सामाजिक कुरीतियों, भ्रष्टाचार, सामाजिक दुर्दशा पर प्रहार करते हुए जागरूकता की अलख भी जगाते हैं। कविताएं शिक्षा, चिकित्सा, बेरोजगारी, नारी सशक्तिकरण, पर्यावरण संरक्षण, देशभक्ति, कोरोना टीकाकरण जैसे गंभीर मुद्दों पर समाज का ध्यान अपनी ओर आकर्षित करती हैं तथा जागरूकता फैलाने का काम करती हैं फलस्वरूप मानव में सकारात्मक ऊर्जा का संचार होता हैं।

अंतर्मन की गूँज साझा काव्य संग्रह युवा और अनुभवी लेखकों का एक अद्भुत संगम है जिसका उद्देश्य हिंदी साहित्य को बढ़ावा देने के साथ–साथ समाज को प्रेरित करना है। भारतवर्ष के 30 चुनिंदा साहित्यकारों के अंतर्मन में उठे हुए कोमल मनोहारी प्रेरक कविताओं से सृजित संकलन 'अंतर्मन की गूँज' आप सभी पाठकों को समर्पित करते हुए अपार हर्ष हो रहा है। उम्मीद है कि यह पुस्तक आप सभी पाठकों को पसंद आयेगी तथा अत्यंत ज्ञानवर्धक एवं उपयोगी सिद्ध होगी। बतौर सम्पादक यह मेरी दूसरी पुस्तक है। मैं प्राची डिजिटल पब्लिकेशन के प्रकाशक आदरणीय श्री राजेंद्र सिंह बिष्ट जी व सभी सहभागी रचनाकारों को उनके अनन्य सहयोग एवं उत्साहवर्धन हेतु हृदयतल से धन्यवाद ज्ञापित करता हूँ क्योंकि बगैर आपके सहयोग के पुस्तक का प्रकाशन सम्भव नहीं था। ईश्वर से प्रार्थना करता हूँ कि आप सभी जीवन पथ पर अपने उद्देश्य में सफल हों। सभी सम्मानित रचनाकारों एवं सहयोगियों को ढेरों शुभकामनाएँ...।

धन्यवाद

नवनीत कुमार शुक्ल

(संपादक)

गुँजन शुक्ला

पद– प्रधानाध्यापक, **कार्यरत**– प्राथमिक विद्यालय गणेश पार्क, नगरक्षेत्र, औरैया, उत्तर प्रदेश, **पता** – म0न0 115, बघाकटरा, (समता विद्यालय के पीछे), जनपद– औरैया, उत्तर प्रदेश, संपर्क – 7007663682

नहीं बैठना... (मत्त सवैया)

नहीं बैठना आस छोड़कर,
हम भी सबकुछ कर सकते हैं।
उम्मीदों के पंख लगाकर,
गगन उड़ानें भर सकते हैं।।

भाव हमारे सदा उच्च हों,
नित मधुरस का संचार करें।
उत्तम सीखों को अपनाकर,
हम निज चरित्र विस्तार करें।।

सदा सहारा बनूँ दुखी का,
मत कारण होऊँ क्रन्दन का।
तोड़ूँ बाधाएँ विजय तिलक,
तब लगे भाल अभिनन्दन का।।

त्यागें लोभ और लालच को,
हम गीत प्रेम के गायेंगे।
महकेगी रिश्तों की बगिया,
कुछ ऐसे सुमन खिलायेंगे।।

गुँजन शुक्ला

श्रम और साहस (गोपी छन्द)

मिलेंगे कितने ही रोड़े।
बढ़े जो हिम्मत से तोड़े।।
सदा उर साहस को धारो।
पसीना श्रम का तुम वारो।।

कभी श्रम निष्फल नही होता।
नहीं अपयश को वह ढोता।।
स्वेद श्रम का होता मोती।
चमक जिसकी नहि है खोती।।

उगाओ श्रम से तुम सोना।
चैन नहि हृद् का तुम खोना।।
ईश भी श्रम साथी होता।
नहीं श्रम वाला है रोता।।

कभी नहि आशा तुम छोड़ो।
रोक निज पथ की है मोड़ो।।
खुशी की चाहो जो राहें।
नहीं बेबसी की लो आहें।।

— गुंजन शुक्ला

जीवन होता... (पद्धरि छन्द)

जीवन होता रण के समान।
जो जीते पाये नित्य मान।।
कर लो मन में ये तुम विचार।
मन अपना रखना है उदार।।

यह सृष्टि हमारी दिग दिगंत।
इसमें चुनौतियाँ हैं अनंत।।
सम भाव रखे वह परम संत।
साहस से होता सुखद अंत।।

आपस में कर लो सब विमर्श।
विधि का लिखा स्वीकार सहर्ष।।
हों निष्ठ भाव से पूर्ण कर्म।
मानव का सबसे प्रथम धर्म।।

तुम हरपल रखना सोच उच्च।
हो निर्विकार जीवन समुच्च।।
सच्चाई अन्तस दे उजास।
जिसमें हरि करते हैं निवास।।

✒ गुँजन शुक्ला

आसिया फ़ारूकी

(राज्य पुरस्कार प्राप्त शिक्षिका)
कार्यरत– प्राथमिक विद्यालय अस्ती, नगर क्षेत्र,
जनपद– फतेहपुर, उत्तर प्रदेश
मोबाइल– 91408 18635

महक उठेगी धरती प्यारी

फूल खिलेंगें क्यारी–क्यारी,
चारों दिशाओं में हो हरियाली ।
नदियाँ, लताएँ, झरने, घाटी,
महक उठेगी धरती प्यारी ।

सुमन लदी डाली मुस्काती,
सुबह पहली किरण जो आती ।
पक्षी गाते, धरती मुस्काती,
हरियाली लाती खुशहाली ।

पेड़ों को हम मित्र बना लें,
मन में सुंदर चित्र सजा लें ।
रबर, कपास, कागज़, लकड़ी,
पेड़ों से औषधी भी मिलती

सूरज की बिखरे जब लाली,
खुशी नयन मन को है भाती ।
सुंदर बन जाय घर आँगन,
सजी हो धरती ले हरियाली ।

✍ आसिया फ़ारूकी

हम सब एक बनें

कई प्रदेश हैं देश में हमारे,
गुंथे हार में सुरभित सुमन प्यारे।
विविध रूप-रंग, भाषा निराली,
भारत के अंग हैं कितने सारे।।

विभिन्न वेश-भूषा, मधुर बोलियाँ,
अनेकता में एकता की टोलियाँ।
मातृभूमि, कर्मभूमि सब यही,
हम भरें खुशियों से सबकी झोलियाँ।

देश में हो शांति और अखंडता,
विकास रथ बढ़ता रहे भारत का।
एकता के सूत्र में बंधें हम सभी,
मंज़िल पे होंगे यही विश्वास सजाना।।

सभी धर्म एक ही बात बतायें।
सृजन के नवल पुष्प खिलायें।
मानवता को आदर्श मानकर,
भारत उपवन को महकायें।।

हम भारतीय सब मिल एक बनें,
दीपक से जल दीप अनेक बनें।
हो जग में देश का गौरव गान,
ऐसे नेक कर्मों से ही महान बनें।।

आसिया फ़ारूकी

हमने तो ये सीखा है

कभी किसी को गलत न बोलें,
हमने तो ये सीखा है...
सोंच समझकर बात करेंगे,
हमनें तो ये सीखा है।

कभी किसी की आंखों में,
आँसू न आने देंगे हम...
रोने वाले को है हँसाना,
हमने तो ये सीखा है।

अपनी खातिर जो भी जीता,
वो तो पशु समान है...
किसी के काम आए ये जीवन
हमने तो ये सीखा है।

ईर्ष्या नहीं किसी से करना,
बुरा किसी का सोंचे न...
हाथ मदद को सदा बढ़ेंगे,
हमने तो ये सीखा है।

समय गवाओं कभी नही तुम,
इसका यूँ उपयोग करो...
वक़्त के रहते आगे बढ़ना,
हमने तो ये सीखा है।

अच्छे-अच्छे कर्म है करना,
जीवन इसी का नाम है...
दिलों में सबके याद बनें हम,
हमने तो ये सीखा है।

आसिया फारूकी

दिल पर रंग

दिल पर रंग चढ़ा कर देखो,
गीत लबों पर ला कर देखो।
दुनियां दारी यूँ ही चलेगी ,
दिल अपना बहला कर देखो।

पशोपेश में उम्र गुज़री,
दिल तो ज़रा लगा कर देखो।
मीत मिला जो मन का यारों ,
उस पर प्यार लुटा कर देखो।

मौसम इतना हँसी हो गया है,
पलकें ज़रा उठा कर देखो।
कभी हो नग़मा कभी हो आँसू,
धड़कन आग बना कर देखो।

मंज़िल को पाना है राही,
एक-एक क़दम बढ़ा कर देखो।
जाति वर्ग की जगह न कोई,
हर दीवार हटा कर देखो।

आसिया फारूकी

डी. ए. प्रकाश खाण्डे (शिक्षक)

पिता – श्री ठाकुरदीन खाण्डे, शिक्षा – एम.ए .(राजनीति विज्ञान,
इतिहास एवं पुरातत्व विज्ञान), एम.एड .,एम. फिल. (इतिहास),
संस्था – शासकीय कन्या शिक्षा परिसर पुष्पराजगढ़, जिला–
अनूपपुर (म.प्र.)–484881

संकल्प भाव

जीवन में कुछ करने की इच्छा जागे तो,
अन्तःकरण में दृढ निश्चय तो करना होगा।
मनोरम मनवांछित कार्य करने के लिए,
कार्य प्रविधि प्रायोजित निर्धारित करना होगा।।

निर्जन वन में विचरण करने मन विह्वल हो जाये,
साहस संयम शक्ति अपरिमित रखना होगा।
कृतसंकल्प विकट वटोह पग–पग प्रस्थान करो,
संघर्ष, संकल्प शक्ति का संचार करना होगा।।

जिसने संकल्प किया निश्चित सफल हुआ है,
हाथों की लकीरो में जिसने जीवन देखा होगा।
सत्य मार्ग में नियमित चलता सत्कर्मी,
मानव को यश पाने संकल्पित रहना होगा।।

गांधी जी के त्याग–समर्पण– संकल्प शक्ति से,
पावन भारत के जन मानस का उद्धार हुआ।
संकल्प लिया था चिंतक चाणक्य चाव से,
चलकर चन्द्रगुप्त मौर्य मगध का भूपाल हुआ।।

डी. ए. प्रकाश खाण्डे (शिक्षक)

जैव विविधता

प्रकृति की विविध बात बतायें,
जैव विविधता दिवस मनायें।
बाइस मई दिवस को जाने,
विविध जीव को हम पहचाने।

विलुप्त होते जीव बचायें,
पर्यावरण को सभी बचायें।
विश्व जैव विविधता दिवस है,
हम पौधे लगाने को विवश हैं।

पारिस्थितिकी संतुलन जाने,
जल थल के महत्व को माने।
वन के प्राणी विचरण करते,
चार चिरौंजी निशदिन रहते।

जैव विविधता का महत्व है,
वन वारिस अरु मृदा तत्व है।
औषधी आय इससे होता,
विटप संरक्षित इससे होता।

आग वनों में नहीं लगायें,
मिट्टी की आद्रता बढायें।
आओ मिलकर पेड़ लगायें
जैव विविधता को अपनायें।

డి. ए. प्रकाश खाण्डे (शिक्षक)

शिक्षा का महत्व

शिक्षा से लाभ उठाओ,
यह मौका अच्छा है।
समय है कुछ बन जाओ,
यह मौका अच्छा है।।

शिक्षा ही है कर्म गीता,
शिक्षा ही है पाक कुरान।
सती शिक्षा ही सीता है,
शिक्षा सत्य सरस समान।।

शिक्षा ईश समान जगत में,
शिक्षा से ही भीम महान।
शिक्षा ही है सबका धन,
शिक्षा मनुष्य की पहचान।।

शिक्षा के बिना परिवार,
सूना– सूना लगता है।
शिक्षा के बिना पूरा घर,
खँडहर का नमूना लगता है।।

शिक्षा में मक्का–मदीना,
बाइबिल कुरान छिपा है।
शिक्षा में सब मनुष्यों के,
सारे अरमान छिपा है।

डी. ए. प्रकाश खाण्डे (शिक्षक)

सुझाव

जीवन में कोई कटुता ना आये,
अपनी खुशियां सबको बांटो।
आस्तीन का सांप जहां मिले तो,
ईमानदारी के नेवला बन काटो।।

व्यक्तित्व का विकास करो नित,
जीवन में सुख सामंजस्य बनाओ।
मुफ्त का चंदन घिस मेरे नंदन,
ऐसी कभी ना सोंच बनाओ।।

अपने जन से मिल-जुलकर रहना,
संकट के समय सहायता करना।
निष्ठापूर्ण सार्थक उद्देश्य बनाकर,
विपरीत भाव से नित दूर ही रहना।।

दृढ निश्चय श्रमशील ही रहना,
सत्य- साधना करते ही रहना।
सयंम-शक्ति- संघर्ष वचन से,
अपने जन का साहस भरना।।

डी. ए. प्रकाश खाण्डे (शिक्षक)

वन्दना यादव 'ग़ज़ल'

पद– सहायक अध्यापक

पता– वाराणसी, उत्तर प्रदेश

कार्यरत – अभिनव प्राथमिक विद्यालय चंदवक, जौनपुर, उत्तर प्रदेश

जहान सारा है

तेरे भी नाम का फलक पर इक सितारा है,
बुलंदियों को छू बन्दे तेरा जंहान सारा है।

हो जोश बाजूओं में तो फौलाद भी है पिघला दे,
आँधियों मे भी जो शम्मा जले वही नजारा है।

संस्कार, सेवा, सत्कार से बनती है पहचान,
वतन अपना सोने –चांदी से भी प्यारा है।

दिन-रात बस ख्वाहिशें पलती हैं पलकों पे,
कैसे कहें राह-ए-मंजिल कांटो पे गुजारा है।

कौन आयेगा मुफलिसी में अब काम तेरे,
अब 'गज़ल' को देखना बस यही नजारा है।

✎ वन्दना यादव 'ग़ज़ल'

निज कर्तव्य निभायेंगे

जीवन के झंझावात से थककर,
नहीं हम खुद को मिटायेंगे।
ख़ारों की राह पर चल कर भी,
हम अपने निज कर्तव्य निभाएंगे।

आज समय प्रतिकूल है तो क्या?
वक्त फिर से अपना आएगा।
घना तम का छाया अंधेरा,
प्रभात संग वो मिट जायेगा।
नवल प्रभा की रश्मियों से,
हृदय कमल फिर से मुस्कुराएंगे।
हम अपना निज कर्तव्य निभाएंगे।

कर्तव्य पथ पर चलते-चलते,
राह रोड़ो को स्वयं हटाएंगे।
सुख-दुख हैं साथी अपने,
संग-संग मिलकर बिताएंगे।
जनकल्याण को बाती सम,
तिल-तिल खुद को जलाएंगे।
ख़ारों की राह पर चल कर भी,
हम अपना निज कर्तव्य निभाएंगे।

वन्दना यादव 'गजल'

मंजिल दूर नहीं

टूट कर तुम खुद कभी बिखरना नहीं,
राह- ए- मुश्किल से कभी डरना नहीं।

ठोकर खाकर ही मिलती है पहचान नई,
इस्तकबाल गुलामी का कभी करना नहीं।

प्यासे रहो सदा लक्ष्य भेद पाने को तुम,
फौलादी बनों वादें से कभी मुकरना नहीं।

बादल गरजे, बिजली चमके या हो बरसात,
मंजिल दूर नहीं हिम्मत तू कभी हारना नहीं।

हासिल कर मुकाम अपना दौर-ए-बुलन्दी तक,
गिरकर सम्भलना, चलना, कभी रूकना नहीं।

वन्दना यादव 'गजल'

प्रेरणा

आज नहीं तो कल निकलेगा,
हर मुश्किल का हल निकलेगा।

निश्छल मन नहीं कोई किसी का,
गौर से देखो सब में छल निकलेगा।

धूम मची हैं यूं खोखले रिश्तों की,
तन्हाई में हर दिल में हलचल निकलेगा।

दर्द की सिलवटें हमें कुरेदती रही,
जाने कैसा आने वाला पल निकलेगा।

थक चुके हैं जो भी बेमंजिल दौड से,
विजय पताका उनका भी चल निकलेगा।

वन्दना यादव 'गजल'

गणपत लाल उदय

पता- ग्राम व पोस्ट- अराँई, तहसील- अराँई,
जिला- अजमेर, राजस्थान, पिन कोड न.- 305813
कार्यरत- केंद्रीय रिजर्व पुलिस बल (भारत सरकार)
मोबाइल न. - 9928324607

विद्वान सर्वत्र पूज्यन्ते

जीवन को आज वक्त के साथ जोडे,
शिक्षाएँ लो आज विद्वानों से थोड़े।
शिक्षा के बिना जीवन रहता अधूरा,
कलम से विद्वान काम करते है पूरा।।

विद्वानों मे है सर्व प्रथम गुरु का नाम,
किसी को ना मिलता गुरु बिना ज्ञान।
ज्ञान बिना किसी को मिले न सम्मान,
गुरुवर ही होते सब गुणों की ये खान।।

समय की आवाज़ वक्त का आह्वान,
विद्वानों की वाणी सुनकर बने महान।
गुरु से जिसने भी प्राप्त की ये शिक्षा,
पास किया उसने हर एक वो परीक्षा।।

सुख एवं शान्ति उसके जीवन मे रही,
इसलिए विद्वानों को पूजते हर कोई।
विद्वानों का आज सारे जगत मे नाम,
पथ उन्नति का दिखाते जो धरे ध्यान।।

🖋 गणपत लाल उदय

मृत्यु समान है घोर निराशा

आशा का दीप जलाकर तुम रखना,
मन में निराशा कभी आने मत देना।
जीत और हार छुपी रहती हृदय में,
दीप आशा का कभी बुझने ना देना।।

सब की सुनो और सबसे ही तुम सीखो,
सब कुछ नही लेकिन कुछ तो आएगा।
सफल व्यक्ति भी आशा से आगे बढ़ता,
निराशा वाला दूसरो में कमियाँ ढूंढता।।

दुनियां में सबसे बेहतर दवा आशा,
जिम्मेदारी से श्रम करते रहें हमेंशा।
फिर जीवन भर नही होगी निराशा,
जीवन संगिनी बन जाऐगी आशा।।

जीत कुछ दे जाती व हार सिखा जाती,
जिन्दगी में दोनों ही बहुत हैं अनमोल।
इसलिए जीवन में सदा रखें सब आशा,
लाना नही हृदय में कभी कोई निराशा।।

बार– बार चाहे मिलती रहे निराशा,
कभी ना कभी बरसेगी यहाँ वर्षा।
त्याग कर अब निराशा रखो आशा,
मृत्यु के समान होती जाए निराशा।।

ॐ गणपत लाल उदय

पुष्प की अभिलाषा

मै हूँ एक छोटा सा फूल,
निकल आता पौधे पर फूल।
पहले होते थे बाग-बगीचे,
आज लगाते घर गमले बगीचे।।
मैं एक फूल अकेला हूँ ऐसा,
खिलते तोड़ लिया मुझे जाता।
वन माली मुझको पानी है देता
खाद और रखवाली भी करता।।
कभी- कभी टूटने से बच जाता,
और फिर बीज मैं बन जाता।
जिससे फिर एक पौधा बनता,
और मेरा वंश आगे को बढ़ता।।
आज धन्य में हो गया ईश्वर,
हर जन्म मुझे पुष्प ही बनाना।
सुबह आपके शरण में आता,
आपके चरण पखारे फिर जाता।।
सिर में लगाते गजरा सजा के,
कोई मुझे क्रिया क्रम में लगाते।
कोई बधाई में भेट मुझे करता,
कोई विवाह के मंडप सजाता।।
सबसे बड़ी खुशी मुझे मिलती,
शहीदों के सम्मान काम आता।
एक अभिलाषा पढ़ी फूल पर,
आज उदय फिर लिखे पुष्प पर।।

— गणपत लाल उदय

भास्कर

निकलता रोजाना आसमान चीरकर,
अंधेरा मिटाता आता प्यारा भास्कर।
खुश होते सब सूर्य नारायण देखकर,
वन्दना करो सूरज को जल चढ़ाकर।।

देता सारे जग को प्रकाश, उजियारा,
हर लेता ये सारे ब्रह्मांड का अन्धेरा।
प्यारी- प्यारी भोर लगे बहुत निराली,
सवेरे सवेरे सुहानी लगती यह लाली।।

नदियों का जल रंग जाता इस रंग में,
लहरे भी घुल जाती ये भगवा रंग में।
सिखाती हैं आपस में मिलकर रहना,
पक्षियों का उड़ना और रहना संग में।।

रोज नया भोर सबको सिखा जाता,
समय से आना जाना सबको करना।
समय से जिसने भी लिया है काम,
आज वही इंसान किया अपना नाम।।

जलवायु प्रकृति स्वच्छ रखो निरतंर,
फिर देखें प्रकृति को हंसेगी खुलकर।
करो सभी योग और सूर्य नमस्कार,
आपस में रहना सभी एक मिलकर।।

गणपत लाल उदय

गिरीश चंद्र तिवारी

पद– प्रधानाध्यापक
कार्यरत – उच्च प्राथमिक विद्यालय मूड़ा दीक्षितकुम्भी, खीरी।
जन्म स्थान – सेमरई, पोस्ट– भल्लई बुजुर्ग, खीरी।

शेर और पथिक

एक शेर हो गया वृद्ध, जब ना शिकार कर पाया।
तब से उसने नया तरीका, जीवन में अपनाया।।
लिए हाथ में सोने का कंगन, कीचड़ में है जाता।
कंगन ले लो दान, वहीं से था आवाज लगाता।।
निकला पथिक देख, सोने के कंगन को ललचाया।
कौन करे विश्वास, पथिक ने निज संदेश सुनाया।।
कहा शेर ने मैंने, लाखों पाप किये जीवन में।
उनके प्रायश्चित हित आया, दान भाव है मन में।।
भोला-भाला पथिक, शेर ने बातों में भरमाया।
कर विश्वास शेर पर, लालच के वश होकर आया।।
कंगन तो ना दिया! पथिक को मार शेर ने खाया।
अपनी भूख मिटायी, राही पर कुछ तरस ना आया।।
प्यारे बच्चों इस प्रसंग से, हम सब शिक्षा पाते।
सदा धूर्तों से बचना, वह बातों में उलझाते।।
धोखेबाजों से जीवन में, आस ना होगी पूरी।
सदा फसायेंगे संकट में, आस ना होगी पूरी।।
बांधो बात गांठ, कभी दुष्टों के पास ना जाना।
वरना सदा पड़ेगा, तुमको जीवन भर पछताना।।

✍ गिरीश चंद्र तिवारी

संकल्प

भूमि भारत को मिल कर सजाएंगे हम।
पालीथीन मुक्त इसको बनाएंगे हम।।
पालीथीन है जहर इस धरा के लिए।
अलविदा इसको कह दें सदा के लिए।।
इसको खाकर बहुत से मरे जानवर।
मानवों में अनेकों दिए रोग भर।।
देश अपना न गंदा बनाना हमें।
भूल कर पालीथीन घर ना लाना हमें।।
वृक्ष चारो तरफ अब लगाएंगे हम।
प्यारी धरती पे हरियाली लाएंगे हम।।
खूब पीपल व बरगद लगाएंगे हम।
स्वच्छ पर्यावरण को बनाएंगे हम।।
गंदगी और प्रदूषण मिटाएंगे हम।
देश उपवन के जैसा बनाएंगे हम।।
अब खुले में कभी शौच जाना नहीं।
अपनी धरती को गंदा बनाना नहीं।।
संयमित अपना जीवन बनाना हमें।
राष्ट्रहित अपना सब कुछ लुटाना हमें।।
अपना कर्तव्य डटकर निभाना हमें।
भूले भटको को शुभ पथ पे लाना हमें।।
शीश माता पिता का ना झुकायेंगे हम।
भूमि भारत को मिलकर सजायेंगे हम।

गिरीश चंद्र तिवारी

बुद्धिमानी

किसी पेड़ पर कौआ-कौवी ने घोंसला बनाया।
दोनों बड़ी खुशी से रहते जीवन में सुख पाया।।
लेकिन उनके जीवन में संकट का बादल छाया।
एक भयंकर सांप पास के बिल में रहने आया।।
तब से दोनों सहमे रहते डरे-डरे बेचारे।
जाने किस दिन ले लेगा यह विषधर प्राण हमारे।।
कौआ-कौवी कहीं गये थे एक दिवस वह आया।
उनके अंडो को चुपके से चढ़ पेड़ पर खाया।।
कौआ-कौवी बहुत दु:खी थे दुष्ट सर्प के मारे।
इसी भांति फिर डरते -डरते कुछ दिन और गुजारे।।
रखे घोंसले में कौवी ने फिर अंडे दोबारा।
लेकिन दुष्ट सर्प ने खाकर फिर अंडो को मारा।।
अबकी दोनों ने मिलकर योजना बनाई भारी।
नष्ट सर्प को करने की कर ली सारी तैयारी।।
रानी का ले हार चोंच में भागा आगे-आगे।
पीछे-पीछे कई सिपाही उसके संग में भागे।।
कौवे ने वह हार सांप के बिल में जाकर डाला।
लगे खोदने बिल को जिसमे रहता विषधर काला।।
मारा गया सर्प कौवे ने ऐसा मंत्र विचारा।
पहले जैसा फिर दोनों का जीवन बीता सारा।।
प्यारे बच्चों इस प्रसंग से हम सबने यह जाना।
हर संकट का है निदान तुम कभी न धैर्य गँवाना।।

गिरीश चंद्र तिवारी

गिलहरी और कौआ

किसी पेड़ पर एक गिलहरी बहुत दिनों से रहती ।
सदा परिश्रम में रत रहती अच्छी बातें कहती ।।
उसी पेड़ पर कौवे का भी सुंदर नीड़ बना था ।
दोनों में मित्रता बड़ी जीवन आनंद घना था ।।
कहा गिलहरी ने कौवे से आओ खेत बनाएं ।
खाद बीज की करें व्यवस्था और अन्न उपजाएं ।।
यह प्रस्ताव बहुत ही सुंदर कौवे के मन भाया ।
पहले खेत जोत करके जाए भुरभुरा बनाया ।।
गई गिलहरी खेत जोत कर जब वह वापस आई ।
कौआ कांव–कांव ही करता रहा डाल पर भाई ।।
हुआ खेत तैयार गिलहरी तब कौवे से बोली ।
चलो बुवाई करें बीज मैं भर लाई हूँ झोली ।।
आप बुवाई करें अभी मैं पीछे से आता हूँ ।
तब तक हरी डाल पर बैठा मधुर गीत गाता हूँ ।।
उग आया जब खेत गिलहरी करती रही निराई ।
खाद दवा भी समय समय करती रही सिंचाई ।।
हुई फसल तैयार गिलहरी तब कौवे से बोली ।
ले आओ आधा अनाज ले चलो साथ मे झोली ।।
कौआ बोला तुम अपना आधा अनाज ले आना ।
मैं आता हूं अभी सुनाया वहीं पुराना गाना ।।
अपने हिस्से का अनाज गिलहरी सुरक्षित लाई ।
कौवे का सारा अनाज बह गया वृष्टि में भाई ।।
प्यारे बच्चों जीवन मे तुम आलस कभी न करना ।
अपना काम समय पर करना पछताओगे वरना ।।

🖎 गिरीश चंद्र तिवारी

भारतेंद्र त्रिपाठी

पिता–स्व . बद्री प्रसाद त्रिपाठी, **माता**–स्व .विजयलक्ष्मी त्रिपाठी
पता–ग्राम व पोस्ट–देवनहरी, प्रयागराज, **सम्प्रति**–शिक्षक
विद्यालय–उच्च प्राथमिक विद्यालय सुजौना,जसरा, प्रयागराज
सम्पर्क–9450126837 bhartendra07@gmail.com

विश्वास होता रहता है

अब रात डरावनी लगती रहती है,
अब दिन सहमा–सहमा रहता है।

हर पल दिल में दर्द पलता रहता है,
रह–रह कर घाव रिसता रहता है।

नयनों से अश्रु बरसता रहता है,
मन हरदम खाली खाली रहता है।

सारा वक्त हादसा जैसा रहता है,
सीने में अंगार जलता रहता है।

दिल हमेशा खौफज़दा रहता है,
जैसे जीवन फिसलता रहता है।

पर एक विश्वास पलता रहता है,
उसी से मन पुलकित होता रहता है।

कोई देवदूत भरोसा देता रहता है,
अच्छे होने का विश्वास होता रहता है।

भारतेंद्र त्रिपाठी

नारी है अपराजिता

नारी तू है अपराजिता,
हर पल में तेरी सहभागिता।
तू परिवार का ऐसा सितारा,
जो हरती है सब अंधियारा।
सारी दुनिया तेरी निशानी,
तू है सारे जग की निर्मात्री।
तुम्हारे अस्तित्व से ही,
समाज का अस्तित्व है।
तू हर घर की शान हैं,
नारी तू तो महान हैं।
सबका रखती हो ख्याल,
नहीं करती अपनी चिंता।
यह है हम सब पर उपकार,
कभी नहीं चाहा अधिकार।
हर रिश्तों को निभाती हो,
हर दर्द हर गम छिपाती हो।
कैसै कर लेती हो हर काम,
कभी नहीं होता तेरा कोई नाम।
नारी तू है अपराजिता,
हर पल में तेरी सहभागिता।

भारतेंद्र त्रिपाठी

एहसास तो करा सकते हैं

यह सच है इस समय दूरियाँ बहुत जरूरी हैं,
पर नजदीकियों का एहसास तो करा सकते हैं ।

आज सबसे मिलना बिल्कुल भी जरूरी नहीं है,
पर जरूरत में किसी का साथ तो निभा सकते हैं ।

आज गले मिलना भी बिल्कुल जरूरी नहीं है
पर हम तुम्हारे साथ हैं यह तो जता सकते हैं ।

माना वह अपनी परेशानियों में बहुत उलझा है,
पर हम उसे एक फोन तो मिला ही सकते हैं ।

इंसानियत हमारे अंदर अभी भी जिंदा है ,
यह जज्बा तो हम अब दिखा ही सकते हैं ।

जरूरत में हम उसकी क्या मदद कर सकते हैं,
अपनेपन से हम यह तो उससे पूछ ही सकते हैं ।

तुम हमारे हो हम सब तुमसे बहुत प्यार करते हैं,
हम भरोसे का यह आक्सीजन तो दे ही सकते हैं ।

भारतेंद्र त्रिपाठी

माँ

माँ आज भी तुम हर पल मेरे साथ हो,
माँ आज भी तुम ही मेरा विश्वास हो।

आए जीवन में जब कोई भी विपत्ति,
माँ हमेशा ख्याल तुम्हारा ही आता है।

तेरी तस्वीर की मुस्कान संबल देती हैं,
तेरी कही बातें ही मुझको साहस देती हैं।

जो माँ कभी मेरे आंसू नहीं देखती थी,
उस माँ ने कैसे मुझको अनाथ कर दिया।

आज भी तेरे स्पर्शों का एहसास लिए हूँ,
माँ तेरी ममता की छांव में ही जिया हूँ।

सब कुछ पा करके भी जीवन में,
माँ तेरे बिन सब खोया खोया लगता है।

माँ तेरे बिन मेरे जीवन में आज भी,
हर एक कोना सूना सूना लगता है।

जिंदगी के संघर्षों में मैं पास हो गया,
जब किसी ने पूछा माँ को मैं हार गया।

बिन माँ के बच्चे हम जग में कहलाए,
माँ देखो मरते मरते भी हम जी आए।

माँ की बात से आंखों में जो आज नमी है,
माँ सच में जीवन में वह तेरी ही कमी है।

✍ भारतेंद्र त्रिपाठी

अजय कुमार वर्मा (स0अ0)

माता- श्रीमती धनकला, पिता- श्री राम सुमेर वर्मा,
कार्यरत- प्रा0 वि0 भैरवां प्रथम, हसवां, फतेहपुर,
पता- मोलवी कला, जायस, जिला-अमेठी, उ0प्र0
जन्मतिथि- 15/01/1996, मोबाइल- 9415744655

सर्व शिक्षा अभियान

आओ बच्चों तुम्हें सिखायें,
प्राइमरी पाठशाला दिखायें।
सुबह नहाकर जाते स्कूल,
ध्यान लगाकर पढ़ते खूब।

ये है सर्व शिक्षा अभियान,
पढ़ लो भारत के नौनिहाल।।

योग्य गुरुजी व मैम पढ़ाती,
साथ-साथ में खेल सिखाती।
हम सबका वह रखती ध्यान,
खान-पान के साथ सम्मान।

पढ़ लिखकर तुम नाम करोगे,
देश का तुम सम्मान करोगे।
लाड-लाडली साथ पढ़ो तुम,
पढ़ लिखकर योग्य बनो तुम।

ये है सर्व शिक्षा अभियान,
पढ़ लो भारत के नौनिहाल।।

हम सब प्यारे नन्हें बच्चे,
पढ़ने में हम सबसे सच्चे।
घर परिवार में काम करें हम,
पढ़ लिखकर नाम करें हम।

आज का बच्चा कल नागरिक होगा,
देश कमान उन्हीं पर होगा।
पढ़ लिखकर तुम योग्य बनो,
भारत माँ के सिरमौर बनो।

ये है सर्व शिक्षा अभियान,
पढ़ लो भारत के नौनिहाल।।

☙ अजय कुमार वर्मा (स0अ0)

सबसे अच्छा मेरा गाँव

सबसे अच्छा मेरा गाँव,
प्यारा–प्यारा न्यारा गाँव।

मेरे गाँव की बात निराली,
चारों ओर फैली हरियाली।
खेतों में करते काम किसान,
पैदा होता है जहाँ अनाज।

किसान के बच्चे स्कूल जाते,
पढ़ने में मन खूब लगाते।
पढ़कर आते करते काम,
चाहे सुबह हो चाहे शाम।
पढ़ लिखकर तुम काम करोगे,
अपने गाँव का नाम करोगे।
पढ़ लिखकर अधिकारी बनते,
देश की वह सच्ची सेवा करते।

सबसे अच्छा मेरा गाँव,
प्यारा–प्यारा न्यारा गाँव।

कुआँ से वह हैं पानी पीते,
गाय, भैंस को जीवन देते।
वह बचपन सावन के झूले,
हमसब उसको कभी ना भूलें।

वह चिड़ियों का चहकना,

वह फूलों का महकना,
वह खेतों की हरियाली,
कोयल बैठी डाली-डाली।

बनाकर मिट्टी के खिलौने,
खेलते पेड़ों की छाँव में।
बचपन मेरा गुजर रहा है,
आज भी मेरे गाँव में..।

सबसे अच्छा मेरा गाँव,
प्यारा-प्यारा न्यारा गाँव।

अजय कुमार वर्मा (स०अ०)

रामशरण सेठ

पद- प्रवक्ता
कार्यक्षेत्र- जिला शिक्षा एवं प्रशिक्षण संस्थान,
नगला अमान, फिरोजाबाद, उत्तर प्रदेश
दूरभाष – 9452373213

प्रकृति:सीख

प्रकृति सदा देती सीख।
कुछ अच्छे ले लो सीख।।
छोटे-बड़े सभी पर होती।
करती रहती अच्छे काम।।
जंगल हो गांव में हो या हो शहर।
करती सभी का पोषण।।
फल-फूलों से करती स्वागत।
हर जीव का करती स्वागत।।
कितने भी मुसीबत आती।
सब जीवों का रक्षा करती।।
प्राण वायु हम सबको देती।
जीवन का अनमोल उपहार लाती।।
जब हम बच्चे होते।
तब खूब मनोरंजन करती।।
कभी आम कभी सेब।
तो कभी नारंगी सबको खिलाती।।
कभी राम तो कभी श्याम।
मजे-मजे से खूब खाते।।
प्रकृति से सीख लेनी होगी।
मानवता की सेवा करनी होगी।।

वरदान

वरदान दे दो, वरदान दे दो।
हे प्रभु! वरदान दे दो।।
अच्छी सीख, सिखा दो।
अच्छी दृष्टि दिखा दो।।
करे कभी ना किसी का।
अहित, ऐसा दे दो वरदान।।
हर जीवो पर दया करें।
हर जीवो की रक्षा करें।।
करें हमेशा अच्छा काम।
जिससे जग में हो नाम।।
हम तेरे बालक है नादान।
दे दो प्रभु! ऐसा वरदान।।
करते रहे सभी का उपकार।
नहीं, करें कभी किसी का अपकार।।
सभी से मिलकर रहेंगे ।
सभी से यही कहेंगे ।।
कर लो तुम अच्छे काम।
मानव जीवन को बना लो धाम।।
शरण, करें अच्छा काम ।
सभी का हो जाए कल्याण!।।

रामशरण सेठ

मन :अभिलाषा

मन की बस अभिलाषा हो।
सब जीवों की आशा हो।।
जीवन को यूं ही नहीं गुजारना है।
कुछ अच्छे काम करते रहना है।।
मन की चंचलता से दूर रहेंगे।
अच्छी अभिलाषाओं के पास रहेंगे।।
अच्छी अभिलाषा होगी,बस अच्छे कामों की।
नहीं करेंगे गलत काम।।
मन को रखेंगे शांत चित्त।
बनाएं हमेशा अच्छे मित्र।।
छोटे हैं, बड़े हैं सभी का सम्मान करेंगे।
जो हैं, जैसे हैं मान करेंगे।।
मन को बड़ों की सेवा।
मन को प्रभु की सेवा में।।
रात–दिन करेंगे अच्छे काम।
जिससे बन जाए अच्छे इंसान।।
प्रकृति, देश का मान करेंगे।
अपने कर्तव्यों का पर अभिमान करेंगे।।
देश की सेवा, समाज की सेवा।
मन की बस यही अभिलाषा मेवा।।

रामशरण सेठ

दुनिया

दुनिया अच्छी लगती है।
दुनिया प्यारी लगती है।।
सबसे प्यार बना कर रखो।
सबसे भाव बना कर चलो।।
मिला है यह मानव तन।
अच्छे कामों में मन को लगा के रखो।।
दादा–दादी आए थे।
अच्छे काम किए थे।।
वही पुण्य फल भोग रहे हैं।
उन्हीं से आज चल रहे हैं।।
दुनिया में मिलेंगे सब।
अच्छे से अच्छे मिलेंगे।।
यह दुनिया की रीति चली आई है।
जो जैसा है उसको वैसी ही मिलती आई हैं।।
दुनिया बड़ी मनोहर है।
हर दृश्य मन को हरने वाली है।।
रिश्तो नातो का संसार बना।
दुनिया एक नया घर बना।।
शरण, को प्यारी लगती है।
यह दुनिया न्यारी लगती है।।

रामशरण सेठ

सपना

पद– सहायक अध्यापक
कार्यरत– प्राथमिक विद्यालय उजीतीपुर
वि . ख .– भाग्यनगर
जनपद– औरैया, उत्तर प्रदेश

जाँबाज

कानूनों की जंजीरों से हाथ,
क्यों वीरों के बांधे जाते हैं?
क्यों शोले दिल में दबाने को,
सैनिक मजबूर किए जाते हैं।।

बंदूक से निकली गोली के ,
क्यों हिसाब लिए जाते हैं।
दुश्मन के टुकड़े करने में,
क्यों सोच विचार किए जाते हैं।।

क्यों सरहद पर जाँबाजों के,
सपने खाक किए जाते हैं।
दुश्मन को छलनी करने के,
क्यों ना आदेश किए जाते हैं।।

खोल दो सारे बन्धन अब,
उन्हें दिल की आग बुझाने दो।
सेना के जाँबाजों को अब ,
दुश्मन से आँख मिलने दो।।

✍ सपना

जीवन की राहें

काँटों भरी हैं जीवन की राहें,
आशाएँ नजर ना आएं।
उलझन भरा है ये सारा जीवन,
मिले ना सुकून की बाहें।।

लेकर खंजर खड़े हैं अपने,
किस पर भरोसा जताएं।
उम्मीदें लगाए बैठे हैं जिनसे,
वो ही हमें तड़पाएं।।

सुख की घड़ी में साथ हैं सारे,
मिलकर मौज मनाएं।
वक्त बुरा जब जीवन में आए,
ना कोई साथ निभाए।।

आओ खुद से संकल्प करें हम,
खुद ही अच्छे बन जाएं।
बनकर किसी के जीवन आशा,
जीने की आस जगाएं।।

मानव हैं हम, मानवता को,
आभूषण अपना बनाएं।
बाँट के सुख दुःख आपस में हम,
अपना धर्म निभाएं।।

— सपना

सिंघवाहनी की बहनें

हम सिंघवाहनी की बहनें,
कुछ करके दिखलायेंगे।
पतझड़ के मौसम में भी,
आशा के फूल खिलाएंगे।।

ठान लिया है हमने जो,
अब करके वो दिखलाएंगे।
राह में आई बाधाओं को,
हम हँसकर गले लगाएंगे।।

चीर के सीना तूफानों का,
हम अपनी राह बनाएंगे।
पथरीले पथ पर हम बहनें,
चलकर के दिखलाएंगे।।

दीन हीन ,लाचारों को हम,
उनके अधिकार दिलाएंगे।
पढ़ा लिखा कर हम उनका,
जीवन खुशहाल बनाएंगे।।

चिंताओं की चिता जलाकर,
हम गीत प्रेम के गाएंगे।
जो ठान लिया वो ठान लिया,
ना पीछे कदम हटाएंगे।।

✍ सपना

मोहे जाने दे पढ़ने

जाने दे जाने दे पढ़ने,
ओ बापू मोहे जाने दे पढ़ने।

भैया को तू रोके ना टोके,
चाहे करे वो कितने टोटे।
हमका काहे रोके।।
ओ बापू मोहे..............

चूल्हा चौका सब मैं करूँगी,
झाड़ू बर्तन भी मैं करूँगी।
संग संग पढ़ाई करूँगी।।
ओ बापू मोहे.............

पढ़ लिख कर मैं डॉक्टर बनूँगी,
बीमारों की दवा करूँगी।
तेरा नाम रोशन करूँगी।।
ओ बापू मोहे..............

बापू तेरा सहारा बनूँगी,
दुःख दर्द तेरे सारे हरूँगी।
मैं तेरा बेटा बनूँगी।।
ओ बापू मोहे...............

✍ सपना

डॉ0 स्नेहिल पाण्डेय

(राष्ट्रीय शिक्षक पुरस्कार प्राप्त शिक्षिका)

पद– प्रधानाध्यापक

कार्यरत– प्राथमिक विद्यालय सोहरामऊ, नवाबगंज, उन्नाव
उत्तर प्रदेश, मो0न0– 75052 97711

वैक्सीनेशन से डर कैसा

मम्मी सबको एक बात बताना है।
वैक्सीनेशन करवाना है।।
तुम भी पापा से कह दो ना।
दादी–बाबा को भी लगवाना है।।

कोरोना से गर बचना है।
वैक्सीनेशन से नहीं डरना है।।
दोनों डोज़ समय पर हैं लेनी।
नहीं तो फिर होगी अनहोनी।।

डर की तो कोई बात नहीं।
ना चिंता की है जगह कोई।।
सरकार भी सब से कह रही।
छूट न जाए गलती से कोई।।

कोरोनारोधक है यह इंजेक्शन।
जारी रखिए सैनिटाइजेशन।।
कोई ना लेना जरा भी टेंशन।
असमय मृत्यु से टूटेगा कनेक्शन।।

डॉ0 स्नेहिल पाण्डेय

नारी

प्रणाम तुझको तू शक्तिशाली।
नमामि नारी नमामि नारी ।।
वेदों ने तेरी महिमा को गाया।
भक्ति-शक्ति की तू है काया।।

हर किसी में सांस जैसी बहे तू।
गंगा सी निर्मल है पावन धारा।।
धरती सी धीर और अंबर सी न्यारी।
नमामि नारी, नमामि नारी।।

कभी दरोगा कभी डॉक्टर।
जज एसपी और कभी कलक्टर।।
समाज सेविका और ऑडिटर।
एक शक्ति में रूप मनोहर।।

बनकर के सब की महतारी।।
लक्ष्मी, काली, दुर्गा, सीता,
सरस्वती जगह पर बलिहारी।
नमामि नारी, नमामी नारी।।

कल को नन्हीं कलियाँ फूल बनेंगी,
ज्योति बनेंगी दुःख हरेंगी।
ममता का आंचल भर-भर कर,
ज्ञान और विज्ञान भरेंगी।।

डॉ० स्नेहिल पाण्डेय

बनो महान

नन्हे-मुन्नों बनो महान,
तुम सब हो भारत संतान।
कोयल जैसी बोली बोलो,
शीतल, मंद पवन सा डोलो।
तरु की घनी छांव सी छाया,
उपकारी हो तेरी काया।
फूलों की खुशबू सा महको,
नन्ही गौरैया सा चहको।
बहती नदी सरीखे पानी,
बनो कर्ण जैसे तुम दानी।
नन्हें-मुन्नो बनो महान,
तुम सब हो भारत संतान।
साफ-स्वच्छ परिवेश बनाओ,
पेड़ पौधे तुम खूब लगाओ।
पानी की हर बूंद बचाओ,
पर्यावरण प्रहरी कहलाओ।
मानवता के रक्षक बनकर,
दीन-दुखी की पीड़ा हरकर।
लवकुश जैसे बनो महान,
तुम सब हो भारत संतान।
नन्हे-मुन्नो बनो महान,
तुम सब हो भारत संतान।

✍ डॉ० स्नेहिल पाण्डेय

स्वस्थ जीवनशैली

सुनो–सुनो हम आज से एक काम करेंगे।
सुनो–सुनो हम खुद से अब यह वादा करेंगे।।
हाँ जी हम खूब खेलेंगे, हाँ जी हम खूब कूदेंगे।
हाँ जी हम रोज़ दौड़ेंगे, तभी हम स्वस्थ रहेंगे।।

बैडमिंटन, कबड्डी खेल में समय बिताएंगे।
रोज़ टहलेंगे और रोज़ दौड़ लगाएंगे।।
घर पर भी अब सबको ही ये समझाएंगे ।।
कोरोनाकाल में हम यह मुहिम चलाएंगे।।

सोचो–सोचो जो पड़े बीमार, तो फिर क्या करेंगे।
खर्चे भी होंगे रुपये हज़ार, तो फिर क्या करेंगे।।
हाँ जी हम योग करेंगे, हाँ प्राणायाम करेंगे।
शुद्ध भोजन भी करेंगे श, स्वास्थ्य का ध्यान रखेंगे।।

नियम से रस्सी हमको कूदना है।
पौष्टिक आहार नहीं भूलना है।।
टीचर जी ने भी यही समझाया है।
यूं ही हमें बाहर नहीं जाना है।।

स्वस्थ है तन तो स्वस्थ हो मन यह बात मानेंगे।
अच्छी आदतों की शुरुआत हम कर ही डालेंगे।।
हाँ जी हम सुबह उठेंगे, हाँ जी हम नित्य उठेंगे।
हाँ व्यायाम करेंगे, स्वास्थ्य का ध्यान रखेंगे।।

डॉ० स्नेहिल पाण्डेय

विभा वर्मा 'वाची'

पति – श्री अरुण कुमार वर्मा GM rtd MECON
शिक्षा – BA Honrs, MA –इतिहास, प्रभाकर क्लासिकल
म्यूज़िक प्रयाग संगीत समिति, इलाहाबाद बंग भारती– कोलकाता,
लाइट म्यूज़िक तबला, मो0 न0 – 7004568030

कलम

कलम तुम कितना लिखती हो,
कभी न थकती कभी न रुकती।
हरदम पन्नों पर उकेरतीं रहती,
दिल की बातें भाव से भरे,
पन्नों पर जब लिख देती,
कलम कितना दम दिखा देती।

आज की हालत पर कलम भी नि:शब्द है,
कलम की खनक नि:शब्द हो गई।
आज किसे लिखें सभी अपने हैं,
अख़बार कलम दोनो आज नि:शब्द हो गए।।

डूब रहे रिश्ते नाते शोक सभा हो रही आज,
मत लिखो ऐसा समाचार, टूट न जाए मानव आज।
कलम तुम कितना लिखती हो।।

विभा वर्मा 'वाची'

वक्त

वक्त बड़ा बलवान है,
वक्त बड़ा महान है।
वक्त बड़ा सख्त,
वक्त कभी रुकता नहीं।

पहचानो वक्त की शान,
कब किसकी करता गुणगान।
कब किसकी बर्बादी,
वक्त है बड़ा नादान।

वक्त ने कितने सितम ढाए,
उजाड़ दी भाग्य कितने जनों की।.
वक्त की नज़ाकत न समझी,
कोई उसका कभी न छूटे।

शांत चित बैठे रहो,
बहती हवा को बहने दो।
एक दिन ज़रूर आएगा,
हर रूप बदल जाएगा।

रात यूँ गुजर जाएगी,
सुबह उजाला आएगा।
घनघोर अंधेरा छँट जाएगा,
वक्त वक्त की बात है।।

विभा वर्मा 'वाची'

कोरोना से जंग

कोशिश अपनी रंग लाएगी,
अनमोल जीवन उबर जाएगी।
अपने संकल्प पर डिगे रहना,
करना न कोई चूक कभी।

कोरोना ने किया तबाह,
मानव टूटा, साँसें उखड़ी।
पर हिम्मत न हारा, जंग से जूझा,
जीवन बड़ा अनमोल है।

मचा दिया तबाही कोरोना,
तांडव दिखाया सारी दुनिया।
टूट रही अनमोल साँसें,
बिलख रहा घर परिवार।

अब तो कोरोना तुम्हें जाना है,
जीवन संजीवनी हमें खाना है।
मिला वैक्सीन का उपहार,
करना निर्देशों का संचार।
अब तो कोरोना तुम्हें जाना है।

विभा वर्मा 'वाची'

सिसकी

देश पूरा बंद पड़ा, सह रहा प्राकृतिक विपदा बेशुमार।
मानव ही मानव का दुश्मन बन, किया मानव का संहार।।
सिसक रही दुनिया, चारों ओर चीख पुकार।
ऐसा वायरस बना डाला, किया अपना व्यापार।।

घर घर की ये कहानियाँ, सुना रही दास्तान।
अछूता न रहा कोई घर, जहां हों ना सिसकी और हाहाकार।।
रोक लो इन सिसकियों को, बचा लो अब ए सरकार।
हर मानव गुहार लगाने आए तेरे द्वार।।

ईश्वर तुम्हें सुनाई नही पडता, अपने बच्चों की गुहार?
सिसक रहे फ़रियाद ले आए, कर दो कोई चमत्कार।।
वन उपवन सूना पड़ा वृक्ष कटे हर बार।
धरती भी सिसक रही, ढ़ोते ढ़ोते कलेजे पर जीव जंतु, मानव की लाश।

विकृत सरिता सिसक रही, लिए मृत का भार।
अब नहीं सह पाते सिसकियों की आवाज़।।
रोक लो इन सिसकियों को, दे दो अपना प्यार।
ला दो फिर वही बहारें, घुमे जैसे मस्त बहार।।

विभा वर्मा 'वाची'

आशुतोष कुमार

पद– सहायक अध्यापक
कार्यरत – प्राथमिक विद्यालय बन्दीपुर
शि0 क्षे0– हथगाम, जिला– फतेहपुर (उ0प्र0)
मो0न0– 9838332986

हिम्मत

न जाने क्यों ये हो जाता है।
जब इतना परेशान इंसा हो जाता है।।
क्यों करता है वो देह हत्या।
ऐसा करना क्या उसका परिवार सह जाता है।।
हिम्मत भी होती है ऐसी चीज़ दुनियाँ में।
जो हर मुश्किल को विदा कर जाती है।।
फिर क्यों हार जाता है इंसा इसके आगे।
जबकि छूट जाता है परिवार उसके पीछे।।
हर हालात से तो हमको ही टकराना है।
फिर क्यों ये जान के पीछे पड़ जाता है।।
कर जा जो एक छोटी सी हिम्मत तू।
तो बन जायेगा वीर पुरुष एक दिन तू।।
मिट जाएगा अनजान अंधकार पाप का।
ऐसा अमिट छाप हो जाएगा उजियारा का।।
प्रसन्नता की हरियाली छा जाएगी।
मन मुग्ध कुशलता से मुस्काएगा।।
जब हर एक इंसा परिवार के साथ।
अपनी रोटी का एक टुकड़ा खाएगा।।

✎ आशुतोष कुमार

क्या खोया है क्या पाया है

क्या खोया है क्या पाया है।
ये किससे मैं फरियाद करूँ।।
जो पीछे छूट गया है।
क्या मैं फिर उसको याद करूँ।।
दोस्त था या था दुश्मन।
जिससे होता था मन मेरा मुग्ध मगन।।
समय का चक्र था जो बीत गया।
क्या था वो जो पल भर में ही सींच गया।।
बदरी की तपती किरण में।
उस छाया को मैं हार गया।।
यूँ ही अपने बीते कल में।
मैं खुद को ही खुद से भूल गया।।
जीवन का मतलब जीना ही तो है।
कुछ क्षण भी जीना तो जीना है।।
जो बीत गया वो कल ही था।
उस कल में हमने हर एहसास जिया।।
अब जो आएगा वो कल ही तो होगा।
तो फिर क्यों मैं सोच के हर लम्हा बर्बाद करूँ।।

आशुतोष कुमार

परिश्रम

मैं थक कर नहीं हारा हूँ।
बस परिस्थितियों ने मुझे नकारा है।।
एक आस अभी भी बाकी है।
जो विषम को सम करने के लिये काफी है।।
मैं अग्नि ज्वाला में तपता हूँ।
बस दिन रात सफलता के गुण रटता हूँ।।
मैं अंत पिशाच से नहीं डरता हूँ।
हर वक्त आरम्भ तय करता हूँ।।
मैं दिन रात तपस्या करता हूँ।
बस उसके अक़ीदों में ही जीता हूँ।।
ये जज़्बात कहीं बदल न जाये।
बस इसी बात से डरता हूँ।।
कर निश्छल प्रयास मैं तरुवर तरता हूँ।
जीवन मे आये तुच्छ ग्रहण को अर्थ में बदलता हूँ।।
मैं विहग सा आसमान को छू जाता हूँ।
घने बादल सा गगन में छा जाता हूँ।।
ये दौर ही कठिन श्रम का होता है।
जिसमे निरन्तर परिश्रम होता है।।

आशुतोष कुमार

हम हैं भारतवासी

विपत्ति आने पर जो डर जाते हैं।
हम नहीं वो कायर कहलाते हैं।।
हर मुश्किल को यूँ हराते हैं।
सही मायने में तब हम भारतवासी कहलाते हैं।।
जब जब संकट की घड़ी आयी है।
हर चेहरे पर मुस्कान बनकर छायी है।।
डटकर जो उसका सामना करते हैं।
सही मायने में तब हम भारतवासी कहलाते हैं।।
डर लगता है कि क्या ये हो सकता है।
यही सोच के वो आगे बढ़ सकता है।।
एक दृढ़ निर्णय ही तो पथ दिखलाता है।
शुरुआत को अंत तक पहुँचाता है।।
स्वतंत्रता मिलने से पहले भी तो हमने देखा है।
हज़ार बार तो लड़के हमने देखा है।।
मिला था न मूल्य हमारे लड़ाई लड़ने का।
एक दिन दिला ही दिया हक हर गुलिस्तां के सिपाही का।।
यही सीख तो हमे निरंतर दोहरानी है।
हर अंश-अंश को ये कहानी सुनानी है।।
ना ही हम डरते हैं ना ही घबराते हैं।
बस थाम एक-दूजे का हाँथ हर डगर पार करवाते हैं।।

आशुतोष कुमार

प्रतिमा उमराव

पदनाम – सहायक अध्यापिका
कार्यरत – उच्च प्राथमिक विद्यालय (1–8)
शिक्षा क्षेत्र – अमौली जनपद – फतेहपुर, उत्तर प्रदेश
मोबाइल नंबर– 8423469886

आसमान किसे मिला

सच है, आसमान किसे मिला,
सबको तलाश करना पड़ता है।
खुद की उड़ान भरने की खातिर,
आशा के पंख लगाना पड़ता है।।

आसान नहीं है लक्ष्य को पाना,
है कठिन बाधा पार कर जाना।
बिना थके, बिना रुके बढ़ते जाना,
बस कठिन परिश्रम करते जाना।।

राह में आएँगी अनेक बाधाएँ,
पर हिम्मत कम ना होने पाए।
दुर्गम राह बहुत सफलता की,
उम्मीदों के शिखर पर चढ़ते जाएँ।।

दिखाया अदम्य साहस जिसने,
मिला सम्पूर्ण आसमान उसको।
यह सच है बिना तप,परिश्रम के,
सफलता का आसमान किसे मिला।।

☙ प्रतिमा उमराव

समर्पण

समर्पण के भाव रखकर दिल में,
करती हूँ प्रेम सदा अपने राष्ट्र से।
देशभक्ति का भाव रखकर दिल में।
समर्पित कर दिया तन मन धन से।।

देश से बढ़कर कुछ नहीं है मेरे लिए,
कण-कण समर्पित है देश मेरे तेरे लिए।
कभी नहीं झुकने देंगे झंडा अपने देश का
चाहे कुर्बानी देनी पड़े मेरे देश तेरे लिए।।

उन्नति पथ पर सदा अग्रसर हो देश मेरा,
है इच्छा यही दुनिया में चमके भारत मेरा।
सफलता की नई ऊँचाइयों को नित छू ले,
एकता- अखंडता की डोर से बँधे भारत मेरा।।

समर्पण है सब कुछ भारतमाता के खातिर,
कभी नहीं पीछे हटेंगे देश रक्षा के खातिर।
चाहे लक्ष्मीबाई बनना पड़े देश के खातिर,
अटल, दृढ़- निश्चय है मेरा देश के खातिर।।

प्रतिमा उमराव

विश्वास

पथरीली, कंटीली, दुर्गम राहों पर चलकर,
भूधर सम उच्च लक्ष्य को मुझको पाना है।
ऐसा दृढ़-विश्वास रखो अपने निज कर्मों पर,
रखकर संकल्प अडिग सफलता को पाना है।।

चट्टान सी खड़ी विकट बाधा स्वयं टूट जाती है,
फौलादी विश्वास के आगे पानी सी बह जाती है।
हिम्मत कभी न हारो जटिल संघर्षों के आगे,
दीप जलाने में सक्षम बनो तूफानों के आगे।।

अदम्य साहस, प्रबल विश्वास की लौ बुझने ना पाए,
वजन तौलती है बाधाएँ तुम्हारे आत्मविश्वास की।
मत ढूँढो सहारा, विश्वास करो अपने आत्मबल पर,
ऊँचा रखो सदा मनोबल अपनी दृढ़-इच्छाशक्ति की।।

साहसिक विचारों की क्रान्ति जगाओ अपने मन में,
निश्चय ही ऐसा कर जाऊँगा विश्वास जगाओ मन में।
दुविधा की आँधी टल जाती है निज विश्वास के आगे,
कभी नहीं असफल होंगे मजबूत इरादों के आगे।।

वारिधि लांघकर महावीर ने खोज लिया सीता जी को,
कमाल था केवल विश्वास का अपने निज बल पर।
खोज लिया पुर्तगाली वास्कोडिगामा ने भारत को,
अमिट इतिहास बनाया आत्मविश्वास के बल पर।।

प्रतिमा उमराव

प्रकृति का संदेश

कभी नहीं मानव विचलित होना,
असफलता की ठोकर खाकर।
दृढ़ निश्चय से अडिग खड़े रहना,
स्वयं को विघ्न बाधाओं में पाकर।।

उत्थान-पतन, आपदा है जीवन के अंग,
बसन्त भी आता है पतझड़ के संग।
धैर्य करो धारण मानव अपने जीवन में,
खोने का गम पूछो विशालकाय द्रुम से।।

व्याकुल होकर नहीं त्यागा जीवन को,
शान्त होकर राह तकी सुसमय आने की।
आ गई कोंपले फिर हर्षाया तन मन से,
हे! मानव सीख जरा प्रकृति के नियमों से।।

काँटों में रह कोमल कुसुम सदा मुस्कुराते,
निज स्वभाव में निरत सदा खिलखिलाते।
रहती नहीं सदा निशा तूफान-प्रलय वाली,
आशा की किरण लेकर भोर सदा आती।

निराशा के बवंडर में फँस सूरमा नहीं घबराते,
निज विश्वास से आशा का चिराग जलाते।।
चट्टान काटकर साहसी राह स्वयं बनाते,
विपदाओं से लड़ वीर विजय सदा पाते।।

प्रतिमा उमराव

इला सिंह

पद – सहायक अध्यापक
कार्यक्षेत्र – कम्पोजिट विद्यालय पनेरुवा अमौली,
फतेहपुर, उत्तर प्रदेश

जीवन दर्शन

मानव अब हो जाओ तैयार,
अपनी राह बुनना सीख लो।
मौके को अब ना गवाओ तुम,
अवसर को चुनना सीख लो।।

जीवन की नाव करो तैयार,
और खुद ही खेना सीख लो।
मत करो तुम मांझी का इंतजार ,
पतवार चलाना सीख लो।।

बदल सकता है हवा का रुख,
तुम गोते खाना सीख लो।
डूब न जाओ कहीं पथ में,
तुम खुद तैरना सीख लो।।

भाग्यवादी बनो न तुम मानव,
कर्म पथ पर चलना सीख लो।
अगर ना थामे कोई हाथ तो,
अकेले चलना सीख लो।।

इला सिंह

विक्रमादित्य

उज्जैनी के शासक थे वे,
विक्रमादित्य जिनका नाम।
ज्ञान वीरता और कौशल,
की अद्भुत थे वे शान।।

पराक्रम के सूर्य थे वे,
परमार वंश की शान।
शको को पराजित कर इनको,
मिला सम्राट का सम्मान।।

नवरत्न से सजा था दरबार इनका,
कालिदास, बेताल भट्ट जिनकी शान।
अरब तक फैला था शासन जिनका,
प्रजा करती थी सदा गुणगान।।

विद्वानों में विद्वान थे वे,
किए अनेक ऐतिहासिक निर्माण।
बेताल पच्चीसी की कहानियों में,
मिलता हमें इनकी वीरता का ज्ञान।।

इला सिंह

प्रकृति की गोद में

प्रकृति से मानव जीवन है,
बिन इसके है सब बेकार।
प्रकृति की ही गोद में,
बसता यह सारा संसार।।

मानव ने नव अविष्कार कर,
किया सुलभ सारा संसार।
किंतु बिना प्राणवायु के ,
एसी पंखे है सब बेकार।।

अपने सुख साधनों के लिए,
वनों का किया खूब शोषण।
जब नहीं रहेंगे फलदार वृक्ष,
तब कौन करेगा हमारा पोषण।।

हे मानव अब तू संभल जा,
न कर प्रकृति का अपमान।
जल, वायु को न करेंगे प्रदूषित,
यह संकल्प मन में ले तू ठान।।

इला सिंह

युगपुरुष श्री कृष्ण

भारत के युग पुरुषों में,
एक हैं कृष्ण भगवान।
जिनके जीवन के कण-कण से,
मिले हमें अमूल्य ज्ञान।।

जन्म हुआ मथुरा नगरी में,
पालन पोषण गोकुल में पाया।
अनेक राक्षस और दैत्यों को,
बालकाल में ही स्वर्ग पहुंचाया।।

वध कर अत्याचारी कंस का,
जग को भयमुक्त कराया।
माता-पिता और नाना जी को,
कारागार से मुक्त करवाया।।

जब हुआ युद्ध महाभारत का,
और पांडवों को भय ने घेरा।
तब बन सारथी सखा अर्जुन के,
धर्म और ज्ञान का किया बसेरा।।

इला सिंह

रजनी शर्मा

जन्मतिथि – 20- 06 -1974, **जन्म स्थान** – ग्राम भूपखेड़ी,
जनपद– गाजियाबाद, उत्तर प्रदेश, निवास स्थान – रोहणी, दिल्ली,
शिक्षा – एम . ए ., जे . बी . टी ., **व्यवसाय** – अध्यापन
सम्मान – दिल्ली राज्य पुरस्कार विजेता

सच्चाई की डगर

नैतिकता की राह पर चलना प्यारे बच्चों,
सच्चाई की डगर पर बढ़ना प्यारे बच्चों।
मन में लिए विश्वास, तुम नाम कर जाना,
आशाओं के गगन में सदा कदम बढ़ाना।।

कक्षा में देखूँ जब खिलखिलाते चेहरे,
मन तृप्त हो जाता, आनन्द उर भर जाता।
फूलों सा महकना, शिक्षा की बगिया सजाना,
मेहनत कश बनकर तुम सदा मुस्कुराना।।

माता–पिता का हर काम में हाथ बटाना,
अच्छा इंसान बनकर दुनिया में नाम कमाना।
मुश्किलों का डटकर मुकाबला तुम करना,
हिम्मत को समेटकर तुम आगे बढ़ते जाना।।

प्यार से तुम रहकर, भाईचारा बढ़ाना,
आदर सभी करके सम्मान तुम भी पाना।
जीवन में सदा हँसकर, सब काम करते जाना,
मानवता का पाठ पढ़कर पहचान तुम बनाना।।

रजनी शर्मा

अभिमन्यु बन जा रे

सुप्त अवस्था को त्यागना होगा,
हर तूफाँ को ....लाँघना होगा,
मेहनत कश के तीर चला रे ......
उठो..रे .... बन्धु उठो रे प्यारे।

अब तुझे ही अभिमन्यु बनकर,
चक्रव्यूह को पूर्ण भेदना होगा,
धर्म युद्ध का रणवीर बन जा रे,
उठो..रे .... बन्धु उठो रे प्यारे।

झूठ-कपट की आँधी चीरकर,
सही ग़लत को समझना होगा,
मादक पदार्थ क्यों? अपनाए,
उठो...रे ..... बन्धु उठो रे प्यारे।

आत्म संतुष्टि का पहन लें जामा,
समाज की खातिर कुछ कर जा,
अँधेरी रातों में क्यों? ढूँढे उजाले,
उठो....रे ....बन्धु उठो रे प्यारे।

क्लब डिस्को में तू शान को ढूँढे,
राँझा बनकर हीर को पुकारे ....,
देश की खातिर सैनिक बन जा रे,
उठो...रे..... बन्धु उठो रे प्यारे।

रजनी शर्मा

संस्कृति का मान करें

अपनी संस्कृति को मन कर्म से अपनाकर,
सात्विक पौष्टिक आहार के सेवन से,
पंगत की दावत के आनंद लुफ्त सेहत से,
उत्तम प्रतिरोधक क्षमता को प्राप्त कर,
पुन: स्वच्छ स्वस्थ संस्कृति का हम मान करें।।

वैदिकाल में योग को साधु संत अपनाते थे,
मंत्रों के जप- तप से समृद्धि को ले आते थे,
वातावरण के स्वस्थ शुद्ध स्वरूप साध्य से,
यज्ञ की आहुति आराधाना को साकार कर,
पुन: स्वयं की गर्वित संस्कृति का मान करें।।

माता-पिता के आदर और सत्कार से,
अमिट प्रेम नेह स्नेह और आशीर्वाद से,
वसुंधरा पर होते हैं जो सदा ईश्वरीय शक्ति,
क्रोध में छिपें हुए निस्वार्थ भावपूर्ण दुलार से,
हम सब बिना लालच लिप्सा का सम्मान करें।।

हिमालय गंगा नीलगिरी प्राकृतिक सम्पदा से,
पृथ्वी के अनुपम अद्भुत विशालतम भंडार से,
वन-उपवन जल-थल की महिमा के सार से,
खग विहग पर्यावरण अनुकूलन अधिकार से,
मानव प्रकृति से पुन: सामंजस्य स्थापित करें।।

☙ रजनी शर्मा

माँ सावित्रबाई फुले का संघर्ष

किसान के खेतों में पली बढ़ी,
नौ वर्ष की आयु में ब्याही थी।
साहस की अजब दीवानी वो,
मंजिल को पाने के ठानी थी।।

सावित्री माँ का था यही कथन,
विद्या बिना जीवन होता व्यर्थ।
बुद्धिहीन विवेकहीन लक्ष्यहीन,
मानव हो जाता है पशु समान।।

विद्वान की होती अलग पहचान,
कमल खिलता है चाहें कीचड़ में।
अनेक संघर्षों की वेदना पाकर भी,
श्री चरणों में पा जाता है सम्मान।।

दीन दुखियों के दुःख दूर कर,
महिलाओं को अधिकार दिलाए।
अस्पृश्य समुदाय को जागृति से,
पुनर्विवाह को दिया प्रोत्साहन।।

मराठी साहित्य का उत्थान करके,
गरीबों के अस्पताल भी खुलवाए।
राष्ट्र माँ का डाक टिकट जारी पर,
देश की प्रथम शिक्षिका को मिला मान।।

✍ रजनी शर्मा

डॉ० जितेन्द्र बोकोलिया

शिक्षा- एम . ए., नेट, जे . आर . एफ (हिन्दी) पीएचडी (हिन्दी साहित्य को अरावली उद्घोष का प्रदेय एक अध्ययन), मूल निवास- नेहरू नगर जटिया कॉलोनी, ब्यावर, राजस्थान, कार्यरत- शिक्षक (हिन्दी), केन्द्रीय विद्यालय बाम्बोलिम कैम्प, गोवा

अनंत उपकार

कभी जीत कभी हार है जिन्दगी,

सुख दु:ख का संचार है जिन्दगी,

कभी दुश्मन कभी यार है जिन्दगी,

कल्पनाओं का संसार है जिन्दगी,

कभी गर्म धूप कभी ठण्डी बयार है जिन्दगी,

कभी कोमल कुसुम कभी खार है जिन्दगी,

कभी ज्योति कभी अंधकार है जिन्दगी,

कभी टूटा किनारा कभी मझधार है जिन्दगी,

कभी सुखद नौका विहार है जिन्दगी,

कभी गुरुजनों के श्रेष्ठ संस्कार है जिन्दगी,

कभी माता-पिता का अनंत उपकार है जिन्दगी,

तो कभी ईश्वर का अमूल्य उपहार है जिन्दगी।

डॉ० जितेन्द्र बोकोलिया

आज़ादी

हम भारत देश के वासी है,
मुश्किल से मिली हमें आज़ादी।
शहीदों के बलिदान का प्रतिदान है,
संघर्ष से मिली यह आज़ादी।
तोड़ गुलामी की बेड़ियाँ,
आज़ादी के दीवाने ने दिलाई हमें यह आज़ादी
हम करें इसका सम्मान,
यह है पावन आज़ादी।
करें हम राष्ट्र हित के काम,
जिससे बढ़े देश का नाम।
हम वीर सपूत इस देश के,
हम इसकी सच्ची संतान हैं।
जो दुश्मन इस देश के,
हम उनको सबक सिखाएंगे।
आज़ाद भारत देश पर आंच न आने देंगे,
हम हर युद्ध भूमि में,
देश के दुश्मन को मार भगाएंगे।

डॉ० जितेन्द्र बोकोलिया

माँ-पिता

माँ-पिता से ही अस्तित्व हमारा है,

माँ-पिता ने ही यह जीवन संवारा है।

मां की आवाज सुकून देती है,

पिता की खामोशी स्नेह से भर देती है।

पिता परिवार का स्वाभिमान होता है,

बच्चों के लिए आसमान होता है।

माँ जन्म दे उपकार करती है,

सदा धरती सम संभाल करती है।

चलना सिखाती है माँ,

पैरों पर खड़ा होना सिखाता है पिता।

माँ-पिता के साथ बीता हर पल,

खुशियों का एहसास देता है।

माँ की मुस्कान बच्चों की ताकत होती है,

कभी मुक्त करता है तो।

कभी अनुशासन का प्रतिमान है पिता,

हर कठिन परिस्थिति में रक्षक होती है माँ।

बच्चों के जीवन का मार्गदर्शक होता है पिता,

माँ-पिता समान ना कोई सृष्टि में महान होता है।

माँ-पिता के रूप में ईश्वर धरा पर मूर्तिमान होता है।।

✍ डॉ० जितेन्द्र बोकोलिया

जीवन ज्योति

यह जीवन है, सहर्ष इसे जीना होगा।
चट्टानों–सी बाधाओं से, प्रतिदिन प्रतिक्षण लड़ना होगा।
दुख से भरी इस दुनिया में, प्रतिपल हँसना होगा।
पीकर विष का प्याला, विष को अमृत कहना होगा।
मिले यदि जो पीड़ा तो, हर पीड़ा को हर्ष सहित सहना होगा।
यह जीवन है, सहर्ष इसे जीना होगा.............

जग में गीत उसी के गाये जाते हैं,
जो अपना सर्वस्व परहित में लुटाते हैं।
जो अपना तन–मन–धन करते न्योछावर,
जीवन निरीह जन के लिए बिताते हैं।

रखते हैं सर अपना सूली पर,
पर शोषित जन को शोषण से मुक्त कराते हैं।
घोर निराशा के अंधियारे पथ पर,
आशाओं की जीवन–ज्योति जलाते हैं।

खुद जीकर गहन अंधकार में,
सृष्टि में दीपावली–सा उज्ज्वल प्रकाश फैलाते हैं।
धन्य होता है जीवन उनका,
जो सदा सत्य का पथ सभी को दिखलाते हैं।
ऐसा हो जिस मानव का जीवन,
वे सदा महान कहलाते हैं।

डॉ० जितेन्द्र बोकोलिया

दीपिका गर्ग

स्थायी पता – गर्ग सदन, भारतीय स्टेट बैंक के पास, कुलपहाड़ जिला– महोबा उत्तर प्रदेश, **सम्प्रति** – सहायक अध्यापिका, कंपोजिट कन्या पूर्व माध्यमिक विद्यालय महोबकंठ पनवाड़ी, जिला– महोबा, उत्तर प्रदेश, **फोन नंबर** – 9424463742

हमें धैर्य ना खोना है

विध्वंस में भी, सृजन के बीज बोना है।
समय कितना भी विकट हो, हमें धैर्य ना खोना है।।

संकट की बदली है छाई, पथ कहीं ना दिख रहा,
कोरोना का कोहरा छटेगा, मेरा मन यह कह रहा,
कितना भी कष्ट हो जीवन में, अब हमें ना रोना है।

अंधी दौड़ में हमने ही, अपना विनाश बुलाया,
सुख शांति स्वास्थ्य खोकर, बोलो हमने क्या पाया?
बहुत हो चुका दुष्प्रचार अब, हमें ना सोना है।

ऋषि मुनियों की भूमि यह, योग ध्यान की तपस्थली,
कितने आततायी आये पर, पर भू किसी की ना चली,
आज फिर हमको निज संस्कृति का अनुगामी होना है।

चारों दिशाओं में मंत्रोच्चार, और यज्ञ हो घर–घर,
श्रद्धा, त्याग से पूर्ण हो जीवन, विपत्ति कभी ना आए हम पर,
पंचगव्य से महकेगा निशदिन, अब हर घर का कोना है।

दीपिका गर्ग

मानवता की लाज

अरे ओ ! इक्कीसवीं सदी के मानव।
रुक ! मत बन जा दुराचारी दानव।।

क्यों तू इंसानियत का लहू पीता है।
तेरे ही दुष्कर्म से श्रद्धा का घड़ा रीता है।।

अरे ! सुन तो मानव आत्मा की आवाज।
बताएगी तुझे वो जिंदगी के राज।।

अच्छी बातें सोच कर तू कर अच्छे काज।
तेरे सद्कार्यों पर दुनियाँ करेगी नाज।।

तेरी यादों को पहनाया जाएगा ताज।
गर तूने रखी मानवता की लाज।।

✍ दीपिका गर्ग

हमको फिर विश्वास दिखाना है

समय बड़ा विकराल आया।
धरा पर है काल का साया।।
अपने कितने छूट रहे हैं।
रिश्तों पर संकट गहराया।।
मुश्किलों से पार पाना है।
हमको फिर विश्वास दिखाना है।।

मृत्यु तांडव कर रही है।
काली घटा फिर घिर रही है।।
हवाओं में जहर घुला है।
मानवता फिर मर रही है।।
दुर्भावों से बाहर आना है।
हमको फिर विश्वास दिखाना है।।

अदृश्य अणु ने त्रास दिया है।
श्रद्धा का फिर ह्रास किया है।।
पल-पल सांसे घट रही हैं।
भय ने सबका ग्रास किया है।।
खुद को नीलकंठ बनाना है।
हमको फिर विश्वास दिखाना है।।

दीपिका गर्ग

पुस्तकें

ज्ञान का भंडार पुस्तकें,
जीवन का हैं सार पुस्तकें।
सही गलत का ज्ञान हैं देतीं,
सिखाती हैं सदाचार पुस्तकें।।

बुद्धि का है नाम पुस्तकें,
श्रद्धा का है धाम पुस्तकें।
जब भी मन व्याकुल हो जाता,
मन को दे आराम पुस्तकें।।

जीवन रण में ढाल पुस्तकें,
मित्रवत हर हाल पुस्तकें।
न्याय नीति का बोध करातीं,
स्वर सुर लय ताल पुस्तकें।।

परमेश्वर के चरण पुस्तकें,
ज्ञानी की हैं शरण पुस्तकें।
नित्य सेवन करता इनका,
करतीं उसका वरण पुस्तकें।।

✍ दीपिका गर्ग

प्रवीण पण्डया

पता – वाया दामड़ी, पंचायत समिति दोवड़ा, गाँव– वस्सी, तहसील– डूंगरपुर, जनपद– डूंगरपुर राजस्थान, **अनुभव** – सांस्कृतिक कार्यक्रम, नाट्य/फिल्म अभिनय, 15 वर्ष का शिक्षण अनुभव, **मो.न.** – 9799808480

माँ

तू ही काली कल्याणी है माँ,
जगत जननी पालक करनी है माँ।
तेरे ही सहारे हम जिए हैं माँ,
तू ही सुरक्षा तू ही अंतर्यामी है माँ।।

तेरे सिवाय कोई काम ना होय,
तू ही अडिग नारी स्वरूपा होय।
तेरे ही विश्व में चर्चा का पल होय,
तू ही जनम , नारी प्रकाशरूप होय।।

मन की वाणी बन तेरे ना जान पाय,
कटुता द्वेष मिट जाए तेरे पास जो आए।
नारी ही है शक्ति स्वरूपा जो जान पाए,
मृदुल भाषा सरल तेरे पास हे माँ जो आए।।

प्रवीण पण्डया

सबको खुश रख सकूं

मैं इंसान नहीं मतवालों का,
जिससे मैं सबको खुश रख सकूं।
बदलती है परिस्थिति सबकी,
जिसमें मैं सबको खुश रख सकूं।

जिंदगी ढल जाएंगी बिताते-बिताते,
जिसमें मैं सबको खुश कर सकूं
बदलती है मनुष्य की आदतें ,
जिसमें मैं धूम्रपान ना कर सकूं।

चाहिए हर किसी को आराम सा यहां,
जिसमें मैं सबको ना खुश रख सकूं।
बदलती है यहां हर दिन जिंदगी आदतों की,
जिसमें मैं हर किसी को ना बदल सकूं।

कैसे-कैसे मौके आए लोगों को बदलने में,
जिसमें मैं अपने को बदल ना सका खुश रह सकूं ।
बदलती है भावनाएं हम सबकी ,
जिसमें मैं ना बदल सका सबको खुश रख सकूं ।

✒ प्रवीण पण्ड्या

भजन

अनंत कोटी शिव शंभु,
योगियो के हित शंभु ,
नारियो के शिव शंभु।
त्रिनेत्रधारी शिव शंभु
ॐ नमः शिवाय ।।1।।

ब्रम्हाण्डधारी तांडव शंभु,
हिमगिरी के हिम शम्भु,
पार्वती के प्रेम शंभु,
विषधारी नील शंभु,
ॐ नमः शिवाय।।2।।

जटाधारी धवल शंभु,
प्राणियों के प्राण शंभु,
ज्ञानियो के ज्ञानी शंभु,
डमरूधारी दिव्य शंभु,
ॐ नमः शिवाय।।*।।

प्रलयधारी अग्नि शंभु,
दृष्टिहीनों के दृष्टि शंभु,
नंदियों के नंदी शंभु,
गगन गिरी के गंगा शंभु,
ॐ नमः शिवाय।।4।।

✍ प्रवीण पण्डया

तुम बगिया में

क्यों न तुम बगिया में,
फूल खिला नहीं सकती।
क्यों न तुम हरे वृक्षों में,
छाल को घुट के पी नहीं सकती।।
क्यों न तुम जिंदगी की कुछ,
कठिनाइयों को संवार नहीं सकती।
क्यों न तुम अपने जीवन को,
समाज के समक्ष खफा नहीं सकती।।
क्यों न अपनी आरजू के मध्य,
इंसाफ को दिला नहीं सकती।
क्यों न तुम परिवार की खुशी के लिए,
अपनी जिद छोड़ नहीं सकती।।
क्यों न तुम अपनी हठधर्मिता को,
अपनी खुशी की खातिर छोड़ नहीं सकती।
क्यों न तुम समय को आगे बढ़ाकर,
परिवार को एक नहीं कर सकती।।
क्यों न तुम जीवन में दुःखों को,
हर तरफ से सुखों में बदल नहीं सकती।
बीच–बीच में पड़ा पत्थर भी,
तराशा जा सकता है पूजन कर नहीं सकती।।
वही पत्थर भगवान है तू अंतर्मन में,
समझदारी से तुम क्यों समझ नहीं सकती।
क्योंकि तुमने कभी अंदर नहीं झांका है,
संभल जा अभी समय है, सब कर सकती है।।

प्रवीण पण्ड्या

मीना वाजपेयी

पद – प्रधानाध्यापक
कार्यरत – कम्पोजिट विद्यालय हसवा,
जनपद फतेहपुर, उत्तर प्रदेश।
निवास – कलक्टरगंज, जनपद– फतेहपुर, उत्तर प्रदेश।

बिटिया

मेरे घर की बिटिया रानी।
है मेरे सपनों की रानी।।
मिशन शक्ति का रूप है।
वो है सबसे बड़ी सयानी।।

जब उसका अवतरण हुआ,
लड्डू सभी को खिलाये थे।।
जाकर स्वास्थ्य केंद्र में,
उसको टीके सभी लगवाये थे।।

उंगली पकड़ के अब संग मेरे चलती है।
हम सबको मेरी गुड़िया प्यारी लगती है।।

सरस्वती के मंदिर में,
बिटिया का नाम लिखाया है।
हम सबने मिलकर उसको,
शिष्टाचार सिखाया है।।

सेना की अधिकारी बनकर,
नाम खूब कमायेगी।।

अपनी मेहनत और लगन से,
आकाश चूम कर आएगी।।

आगे बढ़कर बेटी को मजबूत बनाएं हम।
बेटा–बेटी का भेद सदा के लिए मिटाएं हम।।

✍ मीना वाजपेयी

माफी

हे धरती माँ मुझे माफ करना,
मैंने गलती की है बहुत भारी।
मैंने सिर्फ दोहन किया आपका,
माफ करना माँ रहेंगे आभारी।।

चारों ओर गंदगी फैलायी हमने,
हे धरती माँ मुझे माफ करना।
मैंने धरती पर तालाब बनाएं नहीं।
हर खेत में पंपसेट लगाए हैं अपना–अपना।

चीत्कार कर रही है धरती हमारी।
इसकी रक्षा करो हे कृष्ण मुरारी।।

हे धरती माँ मुझे माफ करना,
मैंने डीजल जलाकर किया है प्रदूषित।
नहीं किया कभी कोई ख्याल तेरा,
हर मन मानव धरा है दूषित।।

मैंने प्राणवायु को भी संकट में डाला।
अब प्राणों का संकट से पड़ा है पाला।।

संकट की घड़ी में हमको उबारो मां।
इस आपातकाल में तुम्ही सवारों मां।।
हे धरती मां मुझे माफ करना........

— मीना वाजपेयी

डॉ0 सरला सिंह 'स्निग्धा'

जन्म स्थान– सुल्तानपुर (उत्तरप्रदेश)
संप्रति– टीजीटी (हिन्दी), शिक्षा विभाग, दिल्ली
निवास– 180ए ,पाकेट ए–3, मयूर विहार फेस 3, दिल्ली 96
मो0 नं0– 9650407240

पछतावा

अपनी करनी भोग रहा है,
रोते सिर धुन पछताते ।
देख परायी उन्नति कितने,
मन में अतुलित दुख पाते ।
हंसते खिलते इस दुनिया को,
झटके से वह डरा गया ।

जाने कैसी चाहत उसकी,
दुनिया को ही दहलाया ।
मानव की करनी सुन ऐसी,
दानव ने भी सहलाया ।
जहर बनाया खुद ही उसने,
अपनों को ही हरा गया ।

ताला है अब सबके मुखपर,
तड़प तड़प के रह जाना ।
लाखों बिछुड़े हैं अपनों से,
बाकी का नहीं ठिकाना ।
भूकम्पी सी आहट देकर,
झटका घर को गिरा गया ।

✍ डॉ0 सरला सिंह स्निग्धा

मनुज

मनुज बना निरीह देखो,
चाहता मन आस खिसकी ।

रो रहा अपने किये पर,
वह स्वयं ही दोषमंडित ।
कुछ आकांक्षाओं के हित,
कर दिया क्या आज खंडित ।
व्यंजना भी रो रही है,
देख आंसू धार उसकी ।

छूटता जाता समय है,
सूझता अब पथ नहीं है ।
उम्मीद की किरणें दिखें
ढूंढ़ता वह पथ कहीं है ।
फिर खिलें खुशियाँ मुखर हो,
मनुज चाहता है जिसकी ।

काँच सा बिखरा हुआ है,
दर्प सारा चूर होकर ।
कुछ नहीं अब हाथ आता,
सिर पटकता आज रोकर ।
उलझनों में उलझा पड़ा,
ले सहारा आज किसकी ।

✍ डॉ० सरला सिंह स्निग्धा

कर्मफल

अपने अपने ही कर्म फल,
इक दिन तो सब चखते हैं ।

दूजों के हित जो गड्ढा खोदे,
खुद ही उसमें वह गिरता है ।
बीतेंगे यह कठिन दिवस भी,
दिन तो सबका ही फिरता है ।
बोते जो पेड़ बबूल का हैं वे,
कभी आम नहीं पा सकते हैं ।

लूट रहे इस दुखद घड़ी में,
क्या सिरपे रख ले जायेंगे ।
धरा रहेगा यहीं सभी कुछ,
धेला भी वे कहाँ ले पायेंगे ।
अपने अपने ही कर्म फल,
इक दिन तो सब चखते हैं ।

सब जानबूझ करें मक्कारी,
दवा तलक कुछ लूट रहे हैं ।
लगता अमृत पीकर वे आये,
मृतकों को देते न छूट रहे हैं ।
अपने अपने कर्मों का लेखा,
इक दिन तो सब ही भरते हैं ।

✍ डॉ० सरला सिंह स्निग्धा

तूफ़ान

तूफ़ान से लड़ना सीखा है
कब हार ही हमने है मानी।

इतिहास गवाह सदा इसका
हम रहे जीत के अनुगामी।
कंटकपथ पर चलकर हमने
है डोर सफलता की थामी।
सागर की लहरों को जीता
सीखा है कब मुँहकी खानी।

दुश्मन को सदा झुकाया है
पायी जीत बल पर अपने।
मंजिल हासिल करते आये
पूरे हैं किये हर इक सपने।
होता आया है संकल्प पूर्ण
जो भी हमने दिल से ठानी।

ये तूफ़ान भी होगा चूर-चूर
बन रोग खड़ा है यम जैसा।
पायेंगे इस पर जीत देखना
टिकले कब इसमें दम ऐसा।
तूफान से लड़ना सीखा है
कब हार ही हमने है मानी।

डॉ० सरला सिंह स्निग्धा

जिज्ञासा ढींगरा

पद – सहायक अध्यापिका
कार्यरत – प्राथमिक विद्यालय धराऊँ, ब्लॉक– खुर्जा
जनपद– बुलंदशहर
मोबाइल नंबर – 9760636112

सपना

आँखे बंद नहीं खोलकर, देखा एक सपना,
और कुछ नहीं संसार में, बस वही लागे अपना।

जिस ख्वाब ने तुझे सोने ना दिया,
उस ख्वाब को तूने खोने ना दिया।

छोड़ी सारी खुशियाँ, खोया सुख चैन,
जिसे पूरा करने की कोशिश में काटे दिन रैन।

कुछ लोग तुझे बोलेंगे, कुछ लोग तुझे टोकेंगे,
क्या बेकार ये ख्वाब है, कह के तुझे रोकेंगे।

पर तू ध्यान ना देना इन बातों को,
बस याद कर उन रातों को।

जाग जागकर तू जब करता था प्रयास,
तू था अकेला, तब कोई नहीं था पास।

अभी है आसमान में स्याही, घनघोर अँधेरा चारों ओर,
इरादों को कर बुलंद, हो तेरी कामयाबी से भोर।

जिज्ञासा ढींगरा

सारस और लोमड़ी

एक था सारस एक थी लोमड़ी,

दोनों की थी मस्त कहानी।

लोमड़ी थी बड़ी सयानी,

सारस में थी नादानी।

शरारत एक लोमड़ी को सूझी,

सारस को परेशान करने की तरकीब बूझी।

बुलाया दावत में सारस को,

परोसा थाली में सूप को।

चोंच लम्बी सारस की,

पी ना पाई सूप दावत की।

चालाकी ये लोमड़ी की,

सारस को अब समझ में आई।

लोमड़ी को उसने सबक सिखाया,

अपने घर दावत पर बुलाया।

खुशी-खुशी लोमड़ी आई,

रह गई दंग, देखकर खीर की सुराही।

खा ना पाई लोमड़ी खीर,

सारस की काम आई तरकीब।

भूखी रह गई लोमड़ी बेचारी,

गलती हो गई अपनी खुद पर भारी।

देती है सबक ये कहानी,

जैसी है करनी वैसी भरनी।

✍ जिज्ञासा ढींगरा

योगाभ्यास

आओ मिलकर करें शरीर और मन का विकास,
करें योग, आसन और ध्यान का प्रयास।

स्वस्थ शरीर और दिमाग, पा ले हर इंसान,
योग से ये सम्भव है, है प्रत्यक्ष प्रमाण।

योग से हो पूर्ण विकास, और शक्ति का संचार,
ध्यान से चिन्तामुक्त हो, मिले खुशियों का संसार।

आसन प्राणायाम से, करो नियंत्रित श्वास,
यौवन का संचार हो, कोई रोग ना फटके पास।

बढ़े आत्मविश्वास और हो इच्छशक्ति प्रबल,
यम नियम और ध्यान से हो जीवन सुखद, सरल।

रोगों का प्रतिरोध हो, व्याधि ना आए पास,
वैद्य के बिना ही, हो रोगों का नाश।

अंतर्मन भरे सकारात्मक ऊर्जा से,
महक उठे जीवन खुशियों से।

ज्यों सूर्य निकलने पर, तभी, हो अंध तिमिर का नाश,
रोग शोक का नाश हो, बस योग में हो विश्वास।

जिज्ञासा ढींगरा

शिक्षक

शिक्षक ही है राष्ट्र निर्माता,
शिक्षक ही है भाग्य विधाता।
शिक्षा का वरदान है देकर,
हम सबको सम्पूर्ण बनाता।
ज्ञान कर्म का पाठ पढ़ाता,
सद्कर्मों का बोध कराता।
ज्ञान की ज्योति मन में जगाकर,
अँधकार को दूर भगाता।
जाति धर्म का भेद मिटाता,
धर्मनिरपेक्ष समाज बनाता।
अच्छाई की राह दिखाकर,
भ्रष्टाचार की जड़ें मिटाता।
नई-नई तकनीक सिखाकर,
देश की गरिमा है बढ़ाता।
शिक्षक समझे देश की माँग को,
इसलिए हीरे दिए समाज को।
ना भूलो शिक्षक का समर्पण,
जिसका जीवन है एक दर्पण।
जीवन जीना एक कला है,
बिना गुरु क्या सम्भव हुआ है?
निरंतर चलना ही जीवन है,
मिलेगी कामयाबी यही गुरु बताते।
माता-पिता ने दिया है जन्म पर,
जीना तो गुरु ही सिखलाते।

— जिज्ञासा ढींगरा

डा0 भारती वर्मा बौड़ाई

1985 में पहला कविता संग्रह 'कविता का अरुणांचल' प्रकाशित हुआ। नौ कविता संग्रह, एक आलोचना पुस्तक, एक सृजन और एक समीक्षा, एक लघुकथा संग्रह, एक आलेख संग्रह तथा 134 साझा संग्रह प्रकाशित हो चुकें है।।

उदाहरण

संस्कारों से परिचित हो और नैतिक मूल्य समझता हो।
अन्याय होता देख न्याय के लिए लड़ जाता हो।।

अपने–परायेकिसी का दुख न देख पाता हो।
संकल्प का धनी राष्ट्रहित सोचता, करता हो।।

लक्ष्य की पूर्णता के लिए बाधाओं से दो–दो हाथ करता हो।
मानवता धर्म निभाने को जीवन हथेली पर लिए चलता हो।।

वही बस वही उदाहरण बन सकता है।
आने वाली पीढियों के लिए।।

✍ डा0 भारती वर्मा बौड़ाई

ज़िन्दगी

समय कितना भी बुरा हो,

ज़िन्दगी हाथ थाम ही लेती है।

सुख-दुख धूप-छाया की तरह हैं,

बता कर छाया के हटते ही धूप में भी,

चलना सिखा ही देती है।

उदासियों को भेजती है नित्य,

चिट्ठियाँ उम्मीद भरी,

अन्तत: उन्हें हँसना सिखा ही देती है।

मृत्यु है शाश्वत जैसी नियत की है,

ईश्वर ने......वह मिलेगी ही,

पर रुकेगा नहीं संगीत जीवन का,

इस सत्य से भी अवगत करा,

इस संगीत में डूब जाना सिखा ही देती है।

ज़िन्दगी कभी माँ तो कभी पिता बन कर,

गिरने, लड़खड़ाने, ठोकर लगने पर,

आगे बढ़ सम्भाल ही लेती है।

डा० भारती वर्मा बौड़ाई

खोज

हर व्यक्ति में होती है खोजी प्रवृत्ति,

इसी के चलते कभी वह वैज्ञानिक बन बैठता है।

करता है नए-नए प्रयोग,

और आविष्कार कर डालता है।

नए-नए नियमों का ,

नई बातों चीजों का,

कभी बन जाता है डॉक्टर,

तो कर डालता है पोस्टमार्टम।

घर की पुरानी वस्तुओं का,

मस्तिष्क में कुलबुला रहे,

अमूर्त विचारों को मूर्त कर,

कुछ नया बना कर,

नई खोज का पदक पाने के लिए,

अपनी इसी जिज्ञासु खोजी प्रवृत्ति से,

पाए हैं देश ने कई संत वैज्ञानिक,

अर्थशास्त्री चित्रकार गणितज्ञ,

लेखक कवि शिल्पकार,

जो अपने जुनून के चलते,

खोज डालते हैं कुछ नया,

जो सदियों तक मानवता के हितार्थ,

इतिहास में अंकित हो जाता है।

डा० भारती वर्मा बौड़ाई

विरासत

विरासत में कुछ देना, सौंपना,
आने वाली पीढ़ी को
सबके वश में नहीं होता ।
कभी सोचा है स्वार्थ जब,
आपस में बाँध तोड़ टकराते हैं ।
तो विरासत में कुछ सौंपने के,
स्वप्न चकनाचूर हो जाते हैं ।
विरासत में कुछ देने के लिए,
मस्तिष्क भले ही छोटा हो,
पर हृदय बड़ा होना चाहिए ।
जो छोटे–बड़े, अपने–पराये का,
भेदभाव न करता हो,
योग्यता को वरीयता देता हो,
तभी विरासत सौंपी जा सकती है ।
आगे चल कर वही भावी पीढ़ी में,
संस्कार जगा सकती है ।

❧ डा0 भारती वर्मा बौड़ाई

राकेश कुमार सिंह चौहान

पदनाम – प्रधानाध्यापक, के0 आर0पी0/ संकुल शिक्षक/ प्रशिक्षक
कार्यरत – प्राथमिक विद्यालय नीमगांव(उ0प्रा0वि0 नीमगांव
कम्पोजिट), विकास क्षेत्र– बेहजम, जनपद– लखीमपुर
खीरी। मोबाइल नम्बर – 9451874620

स्वयं को पहचानो

सहारों की तलाश कमजोर हृदय वाले करते हैं।
सहारा ले बहानों की लोगों से फरियाद करते हैं।।

करो मजबूत स्वयं को, अपनी ताकत पहचान लो।
करो मदद इन्सान, की धैर्य से काम लो।।

भवसागर पार करना है, स्वयं मार्ग बनाना सीख लो।
नियत समय से काम करना सीख लो।।

कोई कार्य कठिन नहीं है इस संसार में।
दृढ़ इच्छाशक्ति से सारे मनोरथ पूर्ण होते हैं संसार में।।

खुद को बनाओ इतना ताकतवर।
आए समस्या कोई करो मुकाबला डटकर।।

राकेश कुमार सिंह चौहान

अन्तर्राष्ट्रीय बाल रक्षा दिवस

आओ अंतरराष्ट्रीय बाल रक्षा दिवस मनायें।
बाल रक्षा उनकी जीवन रक्षा की शुभकामनाएं।।

हों सभी पाल्य दीर्घायु हम सब कर्त्तव्य निभायें।
अच्छे स्वास्थ्य अच्छी शिक्षा हेतु समाज दायित्व निभाये।।

आओ अन्तर्राष्ट्रीय बाल रक्षा दिवस मनायें.......

बच्चों की प्यारी दुनिया, आत्मरक्षा के गुण सिखायें।
कभी कोई अप्रिय घटनान हो ऐसा जीवन पाठ पढ़ायें।।

बच्चों की मृदु मुस्कान माता–पिता को भाये।
आओ अन्तर्राष्ट्रीय बाल रक्षा दिवस मनायें।।

बच्चों के अधिकारों की रक्षा करने की आवश्यकता बतायें।
आओ अन्तर्राष्ट्रीय बाल रक्षा दिवस मनायें।।

॰ राकेश कुमार सिंह चौहान

मातृशक्ति

भारतीय नारी सत्य से कभी न हारी।
नारी पूजा सब करें आई ममता की फुलवारी।।

नारी की शक्ति अपार रानी लक्ष्मीबाई ने सेना पर किया वार।
जगतजननी की महिमा है अपरम्पार।।

की दुष्टता जिसने उसका किया संघार।
माँ की ममता का गुणगान करे संसार।।

माता ही बच्चे की प्रथम गुरू सिखाये जीवन का पाठ।
मातृशक्ति की पूजा हेतु नवरात्रि में दुर्गा सप्तशती का करते पाठ।।

मातृशक्ति की जिसने महिमा जानी प्रतिदिन करे चरण स्पर्श और प्रणाम।
उसके जीवन में कभी ना संकटआये सभी संकटो पर लग जाय विराम।।

राकेश कुमार सिंह चौहान

हे ईश्वर ऐसा क्यों होता है

प्रतिदिन कोई न कोई रोता है।
हे ईश्वर ऐसा क्यों होता है।।
कहने को कुछ भी कहें।
सब अपनी रोटी सेंकते रहें।।
पापी पेट के खातिर ऐसा होता है।
प्रतिदिन कोई न कोई रोता है।।
कुछ लोग प्रातः लगाते चन्दन।
कुछ मानव करते अभिनंदन।।
कुछ को शमशान जाना होता है।
प्रतिदिन कोई न कोई रोता है।।
हे ईश्वर ऐसा क्यों होता है।
कुछ लोग पढ़ते गीता हैं।
कुछ लोग पढ़ते नमाज हैं।।
कुछ लोग पढ़ते बाइबिल हैं।
कुछ लोग पढ़ते गुरूग्रन्थ साहिब हैं।।
सब लोगों को बोध होता है।
हे ईश्वर ऐसा क्यों होता है।।
प्रतिदिन कोई न कोई रोता है।।
कोई हमको भी बतलाओ।
हे ईश्वर ऐसा क्यों होता है।।
हे ईश्वर,अल्लाह कृपानिधान।
ऐसी युक्ति बता दे प्रभु मानव।।
का हो जाए कल्यान...।
हे कृपानिधान हे कृपानिधान...।।

🖎 राकेश कुमार सिंह चौहान

सरल मधुर

पद – सहायक अध्यापक
कार्यरत – प्राथमिक विद्यालय जगतपुर आदिल,
भिटौरा, फतेहपुर, उत्तर प्रदेश
मोबाइल – 7905879360

वृक्षारोपण

पेड़ लगायेंगे हर पल,
पेड़ हमें छाया देते और देते हैं फल।
न करें हम सब आज और कल,
पेड़ लगायेंगे हर पल.........।।

पीपल, बरगद, नीम लगायेंगे,
शुद्ध हवा आक्सीजन पाकर,
नव जीवन को पायेंगे।
पेड़ हम लगायेंगे,
पेड़ हम लगायेंगे....।।

पेड़ हमारे हरित दोस्त,
हरित कान्ति लगायेंगे।
पेड़ लगायेंगे हर पल,
पेड़ लगायेंगे हर पल।।

☙ सरल मधुर

धरती की चीत्कार

ऐ इंसान मत बन नादान,
पेड़ों को मत काटो, इसमें भी है जान।
ये पेड़ हैं एक अद्भुत वरदान।।

ऐ इंसान मत बन नादान,
वक्त रहते इसके महत्व को जान।
मत कर नादानी, मत बन अंजान।।

ऐ इंसान मत बन नादान,
धरती करती निरंतर चीत्कार यही।
बचालो इन्हें हैं जीवन आधार यही।।

ऐ इंसान मत बन नादान,
मत काटो जंगलों को, हैं ये किसी का घर।
वरना भविष्य में तुम हो जाओगें बेघर।।

ऐ इंसान मत बन नादान,
जाग उठ, बचा ले इन पेड़ों को।
तभी दूर कर पायेगा, भविष्य के अँधेरों को।।

ऐ इंसान मत बन नादान........

सरल मधुर

चल निरंतर

ऐ पथिक तू चल निरंतर.....

मत रुकने दे अपने कदम।
चलता चल जब तक है दम।।

ऐ पथिक तू चल निरंतर.....

गिर संभल फिर उठ।
और जीतने का कर हठ।।

ऐ पथिक तू चल निरंतर.....

तू अथक प्रयास करता चल।
तभी बन पायेगा तू मिसाल।।

✍ सरल मधुर

प्रा. डॉ. मनोज सुभाष जोशी

संप्रति – सहायक प्राध्यापक, हिन्दी विभाग प्रमुख, श्री शिवाजी कला व वाणिज्य महाविद्यालय अमरावती (महाराष्ट्र)

पता – दत्ता बिल्डिंग मटेरियल सप्लायर के पास, रवि नगर अमरावती (महाराष्ट्र), **मोबाइल** – 9423425048

आज

अक्सर यह होता है,

कविता या तो, अतीत में खोती है।

या तो, भविष्य के सपने संजोती है।

क्यों यह आज में नहीं जीती?

या आज में नहीं होती है?

जी हाँ।

आज का समय,

सुनहरा कहें या अंधियारा कहें,

यह पलभर आंख मूंद विचार लो।

ना अतीत को सोचो,

ना भविष्य का आधार लो।

माना अतीत और भविष्य के,

बीज, अंश आज होते हैं।

परंतु अतीत और भविष्य से परे भी,

आज में कुछ राज़ होते हैं।

अतीत और भविष्य के बीच,

आज कहाँ यह खो गया?

भीड़भाड़ और शोरगुल में भी,

आश्चर्य है कि यह सो गया।

— प्रा. डॉ. मनोज सुभाष जोशी

हर दौर में जीवन के तू (प्रेरक गीत)

हर दौर में जीवन के तू

इतना समझ ले प्यारे।

वह भी जीतेंगे एक दिन,

जो हरदम हैं हारे।

इस प्रेरक गीत की यह धुन,

तू सच्चे मन से गा रे,

वह भी जीतेंगे एक दिन,

जो हरदम हैं हारे।।

.... अपयश निराशा की सड़कें,

भले पग–पग दुख पहुंचाएं।

विपदा के डाल पर डर की,

भले कोयल कूक लगाए।।

वह पाते मंजिल जो,

ठोकर को ठोकर मारे।

वह भी जीतेंगे एक दिन,

जो हरदम हैं हारे।।

.... तूफान मचलता रहता,

चाहे मन में या धरती पर।

मजबूत इरादों की लौ से,

तूफान में तू आरती कर।।

हिम्मत वाले माझी तो,

हर नाव को पार उतारे।

वह भी जीतेंगे एक दिन,

जो हरदम है हारे।।

✎ प्रा. डॉ. मनोज सुभाष जोशी

शिक्षक रुपी संत

हम शिक्षक रुपी एक संत,
खोए जीवन मूल्यों से सदा मन क्लांत।

सद्ज्ञान यह हमारी कुंजी,
नैतिकता यही हमारी पूंजी।

किताबें, कलम, श्यामफलक,
अध्ययन की छात्रों में बढाये ललक।

विद्यार्थी यही हमारा कान्हा,
सच्चा ज्ञानी उन्हें है बनाना।

महाविद्यालय ही हमारा मंदिर,
संवरती जहां ज्ञान से तकदीर।

विश्वविद्यालय यही हमारा तीरथ,
पूर्ण होते जहां छात्रोंन्नति के मनोरथ।

✍ प्रा. डॉ. मनोज सुभाष जोशी

लक्ष्य की खोज

व्यर्थ जीने का दुख क्यों सहते?
जीने को जीना क्यों कहते?
लक्ष्य ना हो जीने का तो फिर,
लक्ष्य की खोज में हम क्यों ना रहते?

जीवन में हर पल उदासी,
निराशा ही छाई है।
क्यों कभी ना सोचते जरा भी,
यह निराशा कहां से आई है?

दोष दूसरों को दे सदा हम,
दुखों के सपने क्यों संजोते?
लक्ष्य ना हो जीने का तो फिर,
लक्ष्य की खोज में हम क्यों ना रहते?

दुखों की चादर ओढ़े तो,
सुखों के सपने क्यों फिर आए?
क्यों ना हम इस बात को समझे?
कि जो हम चाहे, वह बन जाए।

जीवन रण में लड़ जाए जो,
भाग्य को अपने में ही बदलते।
लक्ष्य ना हो जीने का तो फिर,
लक्ष्य की खोज में हम क्यों ना रहते?

✍ प्रा. डॉ. मनोज सुभाष जोशी

डॉ. विनय कुमार श्रीवास्तव

वरिष्ठ प्रवक्ता – पी . बी . कालेज, प्रतापगढ़ सिटी, उ .प्र.
(शिक्षक, कवि, लेखक, समीक्षक एवं समाजसेवी), इंटरनेशनल
एग्जीक्यूटिव डायरेक्टर– नार्थ इंडिया 2020–21, एलायन्स
क्लब्स इंटरनेशनल, प.बंगाल, **संपर्क** : 9415350596

स्वच्छता और पर्यावरण संतुलन

इस धरती से दूर हो रही, रोज प्राकृतिक हरियाली ।
नित्य कट रहे पेड़ व जंगल, मिट रही है खुशहाली ।।
जीवन के लिए हैं वृक्ष जरुरी, उन्हें यार मत काटो ।
नाले और तालाबों को, ना ही कूड़े कचरे से पाटो ।।
पॉलीथीन का थैला छोड़ो, धरती पर रहम करो ।
कभी नहीं ये गलती सड़ती, पृथ्वी पर रहम करो ।।
नाली–नाले करती चोक है, और ज़हर फैलाती है ।
बरसातों में इसी लिए तो गन्दगी बजबजाती है ।।
नदियां भी रहें प्रदूषित, खेत उर्वराशक्ति ह्रास करे ।
माँ गंगा की निर्मलता, इस दुष्प्रभाव से ह्रास करे ।।
बंद करो खाली हाथों, अब हाट बाजार का जाना ।
कपड़ा वाला थैला लेकर, साथ में ही अब जाना ।।
वृक्षारोपण करें सघन और, धरती को स्वर्ग बनायें ।
खेतों और खलिहानों में, फिर अपना अन्न उगायें ।।
जागरूक हो कर के अपना, खुद का धरम निभायें ।
सुखमय हो भविष्य भी और, ये पर्यावरण बचायें ।।
आओ लें संकल्प आज ये, स्वच्छ रखेंगे हम भारत ।
नहीं करेंगे स्वयं गन्दगी, स्वस्थ्य रखेंगे हम भारत ।।
होगा स्वप्न साकार तभी, पर्यावरण शुद्ध बनाने का ।
इच्छ शक्ति हो प्रबल अगर, ये संकल्प निभाने का ।

स्वयं मतदान करें-लोगों को भी प्रेरित करें

देश के अपने सभी, नागरिक जागरूक बनें।
18 वर्ष से ज्यादा उम्र के, सब मतदाता बनें।।
निज मताधिकार वास्ते, हमें रहना है सतर्क।
वोट न बेकार जाये, डालें वोट तो पड़े फर्क।।
लोकतंत्र में हर नागरिक, का है यह अधिकार।
करना हमें प्रयोग है, अपना निज मताधिकार।।
वोट देना है हमको, ये हमारे हाथों में सुरक्षित।
इसपे कोई डाका न डाले, रखना इसे सुरक्षित।।
ग्राम सभा टाउन एरिया, या हो नगर पालिका।
विधानसभा लोकसभा, या नगर महापालिका।।
निज क्षेत्र में पड़ने वाले, हर चुनाव में वोट करें।
अपने वोटों से इस, लोक तंत्र को मजबूत करें।।
जब तक हमसब मतदाता, होंगे न खुद सशक्त।
तब तक देश राष्ट्र कैसे, हो सकता भला सशक्त।।
सतर्क रहें, सशक्त रहें, जागरूक रहें, सुरक्षित रहें।
सभी मतदाता बनें, वोटिंग बूथ भी सुरक्षित रखें।।
सब से पहले हम अपने, बूथ पर मतदान करेंगें।
उसके बाद ही लौट कर, घर में जलपान करेंगें।।
कोविड प्रोटोकाल का, हम सब करें पूरा पालन।
मास्क लगायें एवं 2गज दूरी, का भी करें पालन।

— डॉ. विनय कुमार श्रीवास्तव

हरे साग सब्जी खायें सेहत व इम्युनिटी बढ़ायें

खायें खूब मूली गाजर, प्याज टमाटर व खीरा।
हरे साग सब्जी खायें, स्वस्थ रखे शरीर व पीरा।।
कभी कभी मटन चिकन, मछली भी खायें अंडें।
इसके लिए तो काफी है, केवल एक दिन सन्डे।।
लौकी बीन्स करेले खायें, शलजम और चुकंदर।
बोड़े भिन्डी गोभी अरवी, बंडा कद्दू व हरी मटर।।
कटहल पत्ता गोभी, शिमला मिर्च व हरी धनिया।
टिंडे चिचिड़े बैगन कुलफे, चौलाई व लहसुनिया।।
हरी मिर्च हरे प्याज अदरख, खेसका कमल नाल।
नेनुआ तुरई सरसो बथुआ, सोया मेथी है कमाल।।
कुंदुरू परवल पटर कोंहड़ौरी, न्यूट्रीला सोयाबीन।
कढ़ी फुलौरी मुंगौरी गट्ठा, रसाज सरपुतिया बीन।।
मरसा सूरन सहजन पोई, सनई फूल उरदही सेम।
मुनगा पालक पनीर खायें, मशरूम भी बीजू सेम।।
आलू है सब्जियों में राजा, हरदम ही इसका राज।
व्रत में भी ये खाई जाती, आलू पे सब को है नाज।।
आलू का बनताहै भर्ता, आलू बिन न गोभी बनती।
आलू बैगन का चोखा, ज्यादातर सब्जी में डलती।।
आलू चाहे भून के खायें, चाहे छौंकें या इसे उबालें।
चिप्स पापड़ फिंगर चिप्स, आलू का हलवा बनालें।।

❧ डॉ. विनय कुमार श्रीवास्तव

पपीता फल खायें

लम्बा गोल हरा और पीला,
कच्चा हरा पका जो पीला।
खाने में है स्वादिष्ट रसीला,
स्वास्थ्य वर्धक एवं रंगीला।
पाचक बहुत ये भूख बढ़ाये,
खायें इसको हर रोग हटाये।
फाइबर एवं विटामिन बढ़ाए,
बॉडी का कोलेस्ट्रॉल घटाए।
ये पपीता मोटापा दूर भगाए,
चेहरे के दाग झुर्री भी हटाए।
माँ मुझको तो रोज खिलाये,
पपीता तो हमें स्वस्थ बनाये।
इससे सब्जी, फ्रूट सलाद बने,
हर घर में पपीता के पेड़ लगे।
हरी भरी दिखने में हर क्यारी,
पत्ते पत्ती भी लगती हैं प्यारी।
पका पपीता ले काटो खाओ,
उसपर चाट मसाला लगाओ।
प्रकृति का अनमोल खजाना,
बच्चों पपीता ख़ुशी से खाना।

ॐ डॉ. विनय कुमार श्रीवास्तव

ओम प्रकाश श्रीवास्तव ओम

पिता– श्री अश्वनी कुमार श्रीवास्तव
ग्राम– तिलसहरी, कानपुर नगर
संप्रति– शिक्षक
शिक्षा– परास्नातक

हिन्द की महिमा (लावड़ी छंद)

जयति जय जय हिंद की महिमा,
तुझको नमन सदा करते ।
शान है जिसकी यह तिरंगा,
उसपे न्योछावर रहते ।

हिन्द के कण कण में बहे सदा,
वीरता का अनुपम सरस ।
देख वीरों का हौंसला,
रहा सदा ही शत्रु बेबस ।
विरोध अन्याय का नित करें,
नेकी बदी से ना डरें ।
अत्याचार मिटाने को हम,
सत्य की राह पर चलते ।
बात भारत शान पर आए,
प्राण आहुति सदा बढ़ते ।

जयति जय जय हिंद की महिमा,
तुझको नमन सदा करते ।
शान है जिसकी यह तिरंगा,
उसपे न्योछावर रहते ।

ओम प्रकाश श्रीवास्तव ओम

आओ पर्यावरण दिवस मनाएं

आओ चलो मिल सब पर्यावरण दिवस मनाएं,
केवल रचना में नहीं धरा में भी एक पेड़ लगाएं।

पर्यावरण होता एक सुरक्षा घेरा हमारे चारों ओर,
इस अमूल्य घेरे को वास्तविकता में हम बचाएं।

इस धारा का आभूषण पेड़ पौधे और जीव जंतु,
ऐसे आभूषण को हम सब मिल सदा ही बढ़ाएं।

जीव जंतु की प्राण वायु का आधार होते हैं पेड़,
कर वृक्षारोपण यह आधार हम मजबूत बनाएं।

जल भी जीवन की अमूल्य निधि होती सदा,
कभी भी व्यर्थ में अमूल्य जल धरा पर ना बहाएं।

प्रकृति रूपी अनमोल उपहार मिला हम सभी को,
इस उपहार का हम कभी गलत लाभ ना उठाएं।

सोशल मीडिया से बाहर आकर थोड़ा सा हम,
लगा पेड़ पर्यावरण को धरातल पर भी सजाएं।
कहता ओम विश्व पर्यावरण दिवस को आज,
हम सब हकीकत में धरांचल पर उत्सव मनाएं।

ॐ ओम प्रकाश श्रीवास्तव ओम

मीठी वाणी

मीठी वाणी मीत मिलते,
तीखी वाणी शत्रु पनपते ।

मीठी मीठी वाणी बोलिए,
जगत में मधुरता घोलिए ।

मीठी वाणी देव की जानी,
तीखी वाणी दैत्य निशानी ।

मीठी वाणी दिल मिलाए,
तीखी वाणी कहर बरपाए ।

मीठी वाणी औषधि बनती,
तीखी वाणी जहर उगलती ।

मीठी वाणी सबको भाती,
जगत में सम्मान दिलाती ।

मीठी वाणी उपजे सुविचार,
तीखी वाणी कुत्सित विचार ।

प्यारे तुम भी मीठा ही बोलो,
पहले तोलो फिर मुख खोलो ।

🖎 ओम प्रकाश श्रीवास्तव ओम

रख हौसला

रख हौसला यह मंजर बदल जाएगा,
कटेगा अंधकार प्रभात मुस्कुराएगा।
आज चारों तरफ मचा है कोहराम,
कोरोना ने जीवन को दिया है थाम,
हरपल मानव डर डर कर जी रहा,
आँशुओ को है घुट-घुट कर पी रहा।
रख हौसला यह मंजर बदल जाएगा,
कटेगा अंधकार प्रभात मुस्कुराएगा।
देखो कैसा समय प्रतिकूल हुआ अब
परिवार अपने से मिलने को डर रहा रहा,
बिन गंगाजल गुटके तुलसी दल डाले,
मानव नश्वर दुनिया को देखो तज रहा।
रख हौसला यह मंजर बदल जाएगा,
कटेगा अंधकार प्रभात मुस्कुराएगा।
अपनों के अंतिमदर्शन को भी संबंधी,
करने से आज देखो हैं कैसे डर रहे,
कैसे मिल जाएं अर्थी को चार कंधे,
उसके भी पैसे हजारों में है पढ़ रहे रहे।
रख हौसला यह मंजर बदल जाएगा,
कटेगा अंधकार प्रभात मुस्कुराएगा।
नहीं जारहे अंतिम बारात में भी लोग,
रोग की छूत से हैं सभी जन डर रहे,
शमशानों में लगगया मेला लाशों का,
घटीलकड़ी कुछ अधजले ही बह रहे।
रख हौसला यह मंजर बदल जाएगा,
कटेगा अंधकार प्रभात मुस्कुराएगा।

ओम प्रकाश श्रीवास्तव

अनुरंजन कुमार 'अँचल'

अररिया, बिहार

मतदान है बहुत जरूरी

सुन ले चाचा और चाची,
मतदान है बहुत जरूरी।
मतदान का दाम है अमूल्य,
कभी न लेना इसका मूल्य।

एक मत से होती है जीत,
ध्यान में रख ले सभी मीत।
खाना एक वक़्त न खाना है,
हर चुनाव में मत देना है।

मतदान करना जरूरी है,
यादें रखना जरूरी है।
एक मत बनाता सरकार,
हाँ, मत भरना जरूरी है।

दिल से बनाना सरकार,
तब काम करेगें भरमार।
सब किसे करेगें मत छोड़ो,
सोच कर बनाना सरदार।

❦ अनुरंजन कुमार 'अँचल'

हाँ मैं लड़की हूँ

हाँ मैं लड़की हूँ, मैं लड़की हूँ,
मैं भी धरती माँ का स्वरूप हूँ।
धरती के गर्भ में मेरा जन्म हुआ,
फिर सारे जहां को मैंने जन्म दिया।

हाँ मैं लड़की हूँ, मैं लड़की हूँ,
मैं माँ लक्ष्मी, दुर्गा, सरस्वती हूँ।
धरती के दुख में यह रूप लेती हूं,
जब तक धरती है तब तक मैं हूँ।

हाँ मैं लड़की हूँ, मैं लड़की हूँ,
लक्ष्मीबाई और मदर टेरेसा हूँ।
राष्ट्र को उदय मेरी ही भूमिका है,
हर काल में अलग रूप लेती हूँ।

हाँ मैं लड़की हूँ, मैं लड़की हूँ,
सभी के आँखों की खूब प्यारी हूँ।
आज लड़की हूं तो कल नारी हूँ,
पराया नहीं दोनों घर की न्यारी हूँ।

— अनुरंजन कुमार 'अँचल'

माँ क्या हो गया माँ

माँ क्या हो गया माँ,
कुछ बोलती नहीं हो।
कुछ तो बोलो ना माँ,
माँ क्यों उतनी रोती हो।
पापा कुछ बोले थे माँ,
माँ जरा सा बताओ ना।
मेरा भी दिल रोता है माँ,
माँ चुप हो जाओ ज़रा।
नहीं तो तुझे देख कर माँ,
मेरे आँसू नहीं रुकते।
कौन मुझे खाना खाने माँ,
आवाज़ से बुलायेगी।
क्यों रूठ जाती हो माँ,
ज़रा बताने की कृपा करें।
आप का कर्ज और दुआ,
भूल नहीं सकता हूँ माँ।
तेरे आँचल पेड़ समान है,
ज़रा उसमें सुलाओ माँ।
माँ मेरे पास आओ ना,
ज़रा गोद में बैठा लो माँ।

🔖 अनुरंजन कुमार 'अंचल'

बादल चाचा

बादल चाचा, बादल चाचा,
तू हवा के साथ कहां जाता।
बादल चाचा के साथ है पानी,
किताब में पढ़ी है तेरी कहानी।

जब भी तू आता है मनमानी से,
तुझे मैं जाने को कहता मेहरबानी से।
बिना काम के कभी आ जाता है तू,
कितनी फ़सलों को नष्ट कर जाता है तू।

खेत खलिहान पे दया –दृष्टि रखों,
अपने मनमानी से कभी मत चलों।
तुझसे मानव, दानव दोनों डरते हैं,
जहां तू घूमता है वहां ना हम रहते हैं।

तेरे बिना धरा हरी हो ना सकती,
फिर धरा पौधें भरी हो ना सकती।
नहीं सूखा लाएं, नहीं ज्यादा पानी
बादल चाचा तुझे होगा मेहरबानी।

✍ अनुरंजन कुमार 'अँचल'

रामशंकर प्रजापति 'अकेला'

पद- सहायक अध्यापक
कार्यरत- प्राथमिक विद्यालय सेहिया आमद करारी
सिराथू-कौशाम्बी, उत्तर प्रदेश
मोबाइल- 9984565819

बढ़े चलो

ऊँचे-ऊँचे शिखरों तक,
बढ़े चलो, बढ़े चलो।
हार नही मानेंगे,
सोच लिया हमने।।

दिल्ली धावा मारेंगे,
चले-चलो, चले-चलो।
जिन्दा हैं स्वाभिमान,
आगे-आगे बढ़े-चलो।।

मानवता के प्रेम दीप तुम,
आओ चलो, आओ चलो।
सत्य सनातन दृढ़ पथ पर,
गढ़े चलो, गढ़े चलो।।

खुद को प्रवाहित चन्दन,
किए चलो, 'किए चलो।
सिंघासन प्रबल अभिलासा,
लिए चलो, लिए चलो।।

रामशंकर प्रजापति 'अकेला'

अपनी कहानी

आँसू रोज इक कहानी लिखते,
अपनी आँख का पानी लिखते।
हार न मानी थके नहीं तब भी हम,
अन्तर्मन की विकल वेदना लिखते।।
लक्ष्य साधने मे अब भी तन्मय,
बाधाओ का करुण क्रून्दन लिखते।
तोड़ अगणित वर्जनाओ को हमने,
अपने हौसले की गाथा लिखते।।
धुन के अंकुर को सींचसींच कर,
साहस की नीर कहानी लिखते।
बनी रहे अटल तारीख जहां मे,
अब जीने की मधुर जवानी लिखते।।
जिसने इल्जाम लगाए हम पर,
उनको भी अपना नमन लिखते।
आग लगाई जीवन मे जिसने,
उसको अपनी मृदु कहानी लिखते।।
अमिट साहस ने जो सीख दिया है,
गिरि के शिखरों का सागर लिखते।
जिन्होंने राह हमारी रोक सकी न,
उनके आस की चादर लिखते।।
जिस प्रेमी ने पग–पग शोले बोएं,
उसको अपनी जिन्दगानी लिखते।
हमने अब जीना सीख लिया है,
जब होकर पानी पानी लिखते।।

✎ रामशंकर प्रजापति 'अकेला'

कवि की नीव

हमने कविता कह डाली,
कवि होने की नीव डाली।
अलमस्त निराला की प्याली,
हम बाबा नागर्जुन की डाली।।

हमने कविता कह डाली,
है अल्हड़ कबीरा की गाली।
सूर तुलसी मीरा की लाली,
हम जायसी के रज़ माली।।

हमने कविता कह डाली,
पन्त, बच्चन की मधु हाली।
दिनकर के अम्बर की पाली,
प्रेमचंद्र के गोदान की नाली।।

हमने कविता कह डाली,
है पाश के फास की खाली।
हम काव्य स्तम्भों की छाली,
हम है अपने पूर्वजों की जाली।।

— रामशंकर प्रजापति 'अकेला'

काले बादल

काले काले बादल आए,
आसमान मे बादल छाए ।
घूम घूम कर नाच दिखाए,
गरज गरज के जल बरसाए ।2।
काले काले बादल आए ।2।
एक साथ सब पपीहे बोले,
पान–पिहौ–2 की धुन लगाए ।
साज बाज सब साथ लाए,
टिप–टिप टिप–टिप जल बरसाए ।2।
काले काले बादल आए ।2।
बाग बगीचे पानी–पानी हो गए,
टर्र–टर्र टर्र–टर्र अब दादुर बोले ।
छम–छम छम–छम मोर नाची ,
टप–टप टप–टप जल बरसाए ।2।
काले काले बादल आए ।2।
भर गई भर गई ताल तलैया,
भीगी भीगी अब सोन चिरैया ।
लद गई लद गई गैया मईया,
रिम–झिम रिम–झिम जल बरसाए ।2।
काले काले बादल आए ।।
असमान मे बादल छाए ।।

रामशंकर प्रजापति 'अकेला'

www.ingramcontent.com/pod-product-compliance
Lightning Source LLC
LaVergne TN
LVHW031426170726
843492LV00009B/2875